約會大作戰 15 家人六喰

DATE A LIVE Family MUKURO

U0082098

「——六喰，我要上嘍。
我要打開妳的心房。」
高中生——五河士道

「狂妄。不自量力。」
精靈——星宮六喰

「不要忘記，讓士道康復才是第一要務，知道嗎！」
〈拉塔托斯克〉司令官——五河琴里
「士道！你沒事吧！」
精靈——夜刀神十香

「人家會好好用人體海綿幫你清洗身體的～」
精靈——美九
「你受了傷，應該不方便洗澡。我來幫你吧。」
精靈——鳶一折紙
「我自己會洗！」

「來，嘴巴張開，我餵你。
不張開的話，我就在
你的臉頰上開個洞喔。」
「…………那個……」

「妳這女人真是粗魯。郎君，讓妾身來幫你吧。」

CONTENTS

約會大作戰

家人六喰

橘公司
Koushi Tachibana

Kadokawa Fantastic Novels

彩頁／內文插畫　つなこ

精靈
THE SPIRIT
存在於鄰界，被指定為特殊災害的生命體。發生原因、存在理由皆為不明。
現身在這個世界時，會引發空間震，給周圍帶來莫大的災害。
再者，其戰鬥能力相當強大。
處置方法1
WAYS OF COPING 1
以武力殲滅精靈。
但是如同上文所述，精靈擁有極高的戰鬥能力，所以這個方法相當難以實現。
處置方法2
WAYS OF COPING 2
——與精靈約會，使她迷戀上自己。
家人六喰
Family MUKURO
SpiritNo.10i
AstralDress-PrincessType Weapon-ThroneType[Nahemah]

第六章 Battle of cosmos

只要稍有鬆懈就會被吞噬般的漆黑中，閃耀著無數的星光。
這幅光景十分夢幻，令人懷疑是否處於夢境之中。
宛如天地倒轉，墜落夜空的感覺。
不過，這麼形容倒有幾分道理。
畢竟五河士道如今身處的空間是位於高空之上，能俯瞰地球的地方。
——宇宙。
無人不知其名，無人不曉其存在——卻是絕大部分的人從未踏入的神之領域。
當然，地球上的所有生物無法在宇宙生存。因為沒有生命活動必要的氧氣，平常被大氣層阻隔的各種宇宙射線也會對身體造成直接的影響。
與夢幻的風景恰恰相反，是拒絕生命的死亡世界。然而，別說太空服了，士道身上連一件維持生命裝置之類的東西都沒有穿，就這麼飄浮在外太空。
不過，這也是理所當然的事。因為士道造訪這個宇宙空間，並非是來觀光或是遊覽。

而是為了「打開」獨自沉睡在這個無生命空間的孤獨少女的心。

「——六喰。」

士道輕聲呼喚她的名字。

六喰，星宮六喰，那個悲哀精靈的名字。

一名少女飄蕩在士道前方的空間。一頭超越身高的金色長髮以及露出星座圖案內裡的衣服纏繞著嬌小的她，在無重力空間搖曳擺動。

還殘留著稚氣的臉龐沒有表情，美麗的金色雙眸也像是對世間萬物毫無興趣般凝視著虛空。

「————唉。」

六喰輕聲嘆了一口氣，並且開口：

「你還真是糾纏不休呢。而且，看來亦不長記性。」

「是啊。我可是出了名的死纏爛打跟屢勸不聽呢。」

士道揚起嘴角說完，六喰再次嘆息。

但從她的態度看來，她並不討厭士道。當然，也不像是故意說反話來表達開心之情。

沒錯。說得正確一點——士道的言行舉止完全沒有讓六喰產生任何感觸。

既無惡意，也無善意，只是遵循排除侵犯自己領域之物的機能而行動，看起來並不自然。她異樣的姿態令士道的腦海浮現「人偶」兩個字。

「…………」

不過，這也難怪。士道瞥了一眼她手中鑰匙形狀的錫杖。

天使〈封解主(Michael)〉，擁有超凡的力量，只要將其前端刺入物質之中，藉由「封鎖」的動作便能封印住物質的機能。

倘若六喰所言不假，她便是利用天使的力量「封鎖」住自己的「心」。

至於具體會表現出何種行為，對六喰的精神狀態產生何種影響，則是不得而知。不過，就結果來說，六喰感受不到任何喜怒哀樂。

而喪失所有情感的六喰就只是在遠離地球的此地飄蕩。

不被任何人干涉和觀察，孤身一人。

所以——士道才會來到這裡。

即使曾遭受拒絕，他還是再次回到這裡。

「所以，你究竟為何而來？此番似乎並非立體影像呢。」

六喰歪了歪頭問道。或許是她面無表情的關係，就連她歪頭的動作看起來也像是遵循向對方發問的這個機能而產生的行動。

「這還用說嗎？當然是為了再次和妳溝通啊。」

「笑話。我應該說過了吧。我可沒時間陪你玩偽善的把戲。我並不渴望有人拯救——」

「不是的。」

士道打斷六喰說的話。

然後目不轉睛地凝視著她的眼睛，繼續說道：

「我想溝通的並不是現在的妳，而是尚未被〈封解主〉鎖上心房的原來的星宮六喰。」

「……哦？」

聽見士道說的話，六喰面不改色地發出聲音。

「此言妙哉。莫非你眼前的我並非我嗎？我說過，是我自己把自己的心封鎖起來。你沒有資格對我的選擇說三道四。」

「是啊……妳是說過沒錯。但妳還沒有明確地回答我，為什麼妳要鎖上自己的心房。」

士道意志堅定地緊握拳頭，如此說道。

然後，腦海裡想起六喰曾經說過這麼一句話。

（……這是為何呢？因為不需要……不對。也許是因為過去的我認為擁有那些感情才會不幸吧。現在的我已無從知曉。）

沒錯。以前和六喰交談時，她的確說過是憑自己的意志鎖上心房。但當士道詢問她理由時，聽到的卻只是這麼一番含糊不清的回答。

士道不確定是六喰隨便找個理由敷衍他，還是真的記不清了。

但是，會封鎖自己的感情，理由肯定不輕鬆。

「……對喔。這麼簡單的事情，我怎麼會沒想到呢。」

士道語帶嘆息地說道。他並非說給六喰聽，而是說給自己聽，說給那個被六喰吐出的拒絕話語說中心聲而感到不知所措的自己聽。

說來也真是好笑。在「自己」——「五河士道」自問自答之前，他完全沒有想到這件事。

「六喰，我再問妳一次。妳為什麼會待在這種地方？為什麼要鎖上自己的心房？妳究竟——遭遇了什麼事？」

「…………」

六喰依然表情冷淡地沉默不語，數秒後，嘆了一口氣。

「——也罷。」

然後像是充耳不聞似的如此回答後，揮動手上的〈封解主〉，將其前端指向士道。

「不聽警告是你的自由——相對的，我要怎麼教訓你亦是我的自由。」

當六喰如此宣告的同時，原本飄浮在她周圍的岩石和疑似機械碎片的東西便隨著她的視線移動，一舉襲向士道。

「——！」

面對突如其來的攻擊，士道不禁倒抽了一口氣。

他並非完全沒有預料到這種狀況。事實上以前和六喰交談時也曾不容分說地遭受攻擊。假如當時不是透過立體影像通訊，士道肯定早已死過好幾回了。

不過，即使預料到會遭受攻擊，能否立刻做出應對就又另當別論了。逼近而來的不過是飛礫，但受到精靈之力操縱而具有方向性的飛礫可謂極小規模的流星群。每一擊都帶有斷骨穿肉之威力的不規則塊狀物懷著必殺的意志飛向士道。

「唔——」

士道交叉雙臂，縮起身體保護頭部。他的身體具備琴里的治癒火焰，只要避免當場死亡，傷勢就能復原。

然而，下一瞬間——

「——咦？」

做出防衛姿態的士道看見發生在自己身上出乎意料的現象，發出錯愕聲。

這也難怪。因為六喰釋放出的無數飛礫一發也沒有擊中士道，就這麼飛向後方。

並非六喰操控飛礫的行進路線。真要說的話，是士道的身體察覺飛礫的軌道般逕自移動，宛如浮在水面的浮標受到水波的推動，自動讓出道路以利船隻行駛。

「這是……」

士道露出驚愕的表情後，戴在耳朵的耳麥便響起熟悉的聲音。

『──我可不會讓我家的哥哥被擊中。』

用不著確認，聲音的主人自然是士道的妹妹，同時也是〈拉塔托斯克〉的司令，五河琴里。

沒錯。士道現在之所以能夠不穿著任何裝備飄浮在外太空，正是因為有琴里，以及她所操縱的巨大空中艦艇〈佛拉克西納斯EX〉的存在。

位於士道後方的艦艇正施展隨意領域覆蓋周圍一帶，保護士道的身體，協助士道在沒有空氣的空間將他的聲音傳達給六喰。

『原理跟〈佛拉克西納斯〉的自動回避一樣。隨意領域察覺接近的物體，防止它接觸你的身體。』

「原來如此……謝謝妳救我，琴里。」

士道如此說完，耳麥傳來其他聲音。

『你只跟琴里道謝嗎？』

「哈哈……也謝謝妳，瑪莉亞。」

士道苦笑著回答〈佛拉克西納斯〉的AI「瑪莉亞」。

『知道就好──不過，你也不能太依賴它的幫助。畢竟它的強度跟精密度都不如覆蓋〈佛拉克西納斯〉本體的隨意領域。只是飛礫的話倒還沒問題，但若是受到天使攻擊可就完全撐不住了。再說──』

此時傳來琴里的聲音接續瑪莉亞的話。

『沒錯。不好意思，你可別太期待我下指令協助你。因為我這裡也有客人要應付。』

「……嗯，我知道。」

客人。聽見這個詞彙後，士道瞥了一眼後方——露出嚴肅的表情。

理由很單純。因為有複數的巨大船影從藍色母星逐漸逼近〈佛拉克西納斯〉。

沒錯。是DEM Industry的空中艦艇。

四艘艦艇在士道出擊的前一刻出現在宇宙，對〈佛拉克西納斯〉發動攻擊，速度絲毫不減地急速行駛而來。

而且艦群的中心還存在著因緣匪淺的空中艦艇〈蓋迪亞〉。即使〈佛拉克西納斯〉已經改良進化，還是難以保護士道的同時對付〈蓋迪亞〉。

士道點了點頭，重新振奮精神後再次面向六喰。

「靠隨意領域就夠了——這裡，就交給我吧。」

然後輕聲如此呢喃，緩緩將右手伸向前方。

對方是擁有強大力量的精靈。而且，正如之前與她接觸後所得知的，由於她鎖上了心房，士道的話語並無法打動她。

不過，士道也並非毫無計策地站在她的面前。

沒錯。他有一個辦法能開啟六喰的心房。

「…………」

士道調整呼吸，集中精神。在腦海裡想像某個細長的物體，同時在心中默念希望拯救六喰。

於是朦朧的光線中浮現出一個形體。

接著，士道呼喚那個形體的名字，那強力無比的天使之名。

——可能打破現狀的唯一「鑰匙」之名。

「〈贋造魔女〉。」

下一瞬間，感覺右手流動的血液發燙，並且發出淡淡的光芒，一把長柄武器出現在手中。

說是長柄，外形卻不像長矛或長刀那類的兵器。細長的硬質部分綑成一束的前端，那形狀與其說是武器或錫杖，更像掃帚。

「……哦？」

看見突然現身於虛空中的天使〈贋造魔女〉，六喰做出反應。

「此為天使嗎？你看來並不似精靈……」

但她立刻瞇起眼睛表示理解。

「原來如此。這就是你曾提及的封印靈力嗎？雖不知是基於何種原理，但等於是從精靈身上奪走天使吧。怪不得你渴求我的力量。」

「別說得那麼難聽嘛——這的確不是我的力量，但我可沒打算搶走這份力量，只是暫時借用來拯救妳。」

「還在說這種話，你可真是冥頑不靈。不可能的。那看來確為天使不錯，但並無任何天使能戰勝吾之〈封解主〉。」

「是嗎？那麼——」

士道微微揚起嘴角後，在握住〈贗造魔女〉把手的手施加力道，大喊：

「〈贗造魔女〉——【千變萬化鏡（Kaleidoscope）】！」

於是，宛如呼應士道的聲音，〈贗造魔女〉發出淡淡光芒，隨後便像捏黏土般改變形態。

數秒後，光芒消失的〈贗造魔女〉呈現出的形狀與剛才截然不同。

——〈贗造魔女〉變成一把與六喰手持的〈封解主〉分毫不差，形狀有如鑰匙的錫杖。

六喰的心被她自己持有的天使〈封解主〉封鎖。換句話說，能打開六喰心房的只有她自己。能夠讓這牢不可破的規則產生破綻的，正是這把〈贗造魔女〉。

「……你說什麼？」

想必真的出乎六喰的意料，她發出疑惑的聲音。

「妙哉。是模擬〈封解主〉嗎？」

「沒錯。用這個的話——」

士道揮動〈封解主〉，將前端指向六喰。

「我就能跟真正的妳……交談。」

「狂妄。不自量力。即使你再怎麼模仿〈封解主〉的外形，難道也能運用自如嗎？」

「這我也不知道。就試試看嘍。」

士道一邊緩和規律跳動的心臟一邊如此說道後，雙手握住〈封解主〉。

「──六喰，我要上嘍。我要打開妳的心房。」

裝設在〈佛拉克西納斯〉艦橋上的擴音器響起士道充滿決心的聲音。坐在艦長席上的琴里點點頭，用黑色緞帶綁成雙馬尾的髮尾因此微微晃動。

「──交給你了，士道。」

琴里注入她的意念，一字一字地說完這句話後，緊閉雙眼。

士道面對的星宮六喰是危險度與時崎狂三和反轉精靈不相上下的精靈。雖說有隨意領域保護，但讓士道一個人對付她，說不擔心是騙人的。

可是，如今逼近〈佛拉克西納斯〉的對手是人類最強巫師(Wizard)艾蓮．梅瑟斯，以及她所操縱的高速戰艦〈蓋迪亞〉。這艘戰艦曾經在不同於這裡的世界擊落〈佛拉克西納斯〉，絲毫不得大意。

「全體人員，準備戰鬥！對方是世上最棘手的敵人，說有多難纏就有多難纏！打起十二萬分的精神來！」

「是……！」

艦橋下坐成一排的船員們聲音中透露出緊張的情緒，回答琴里。琴里點了點頭回應後，接著望向後方。

有八名與艦橋這個地方格格不入的少女站成一排。她們全都是士道過去封印靈力的精靈。所有人憂心忡忡地凝視著顯示於艦橋主螢幕上的士道身影。

「琴里！」

「琴里。」

其中兩人——擁有一頭漆黑長髮與水晶眼瞳的少女，與精靈中唯一表情保持冷靜的少女，同時大喊。是十香和折紙。

用膝蓋想也知道兩人想說什麼。琴里猶豫了一下子，吐了一口長氣。

「……真拿妳們沒辦法。老實說，我並不太想讓妳們去戰鬥。」

琴里微微皺起眉頭，再次嘆了口氣。琴里隸屬的〈拉塔托斯克〉是以保護精靈為目的而組成的機構。將好不容易封印靈力的精靈再次送上戰場，實則違背他們的本意。

不過任誰都清楚現在不是說這種話的狀況——重點是，她們的眼神散發出勢在必行的氣勢。

「我可以拜託妳們兩個嗎？」

琴里說完，十香和折紙兩人同時點頭。

不，不只她們，連其他精靈也用力點頭表示贊同。

「我也要……幫忙！」

「呵呵，只要吾等八舞出馬，即使是沒有空氣的宇宙也能颳起狂風！」

「同意。這種時候，怎麼可能乖乖待在這裡。」

「就是說呀！人家可愛的各位都要挺身而戰了，當然不能只有人家一個默不作聲呀！」

「……四糸乃要去的話，我也去。」

「嗯！這種最終決戰的感覺真不錯呢。就好像電玩裡大家同心協力共同作戰的故事發展一樣！啊，可是我靈力很弱，就讓我待在艦內協助妳們吧。抱歉嘍。」

四糸乃、耶俱矢、夕弦、美九、七罪以及二亞紛紛開口說道。琴里放眼望向所有精靈，點頭表示了解。

「我知道了。就請妳們助我一臂之力吧。」

「喔！」精靈們舉起拳頭回應琴里說的話。她們精力充沛的聲音迴蕩在艦橋，像在激勵琴里一般撼動她的全身。

或許是被精靈們的氣勢所感染，船員們原本緊張的表情瞬間放鬆，燃起了新的決心與熱血。

她們的聲音似乎出乎意料地令即將挑戰史上最強勁敵的船員們心情好轉。

不過——這樣的氣氛維持並不久。

理由很單純。因為主螢幕上捕捉到的DEM艦隊射出無數小小的機影，朝士道和六喰的方向飛去。

深灰色的變形機器人。是DEM的無人兵器〈幻獸・邦德思基〉。

「嘖……！那些傢伙——」

「司……司令！這個反應……不只有〈幻獸・邦德思基〉！」

〈保護觀察處分〉箕輪打斷琴里說話，慌張地發出聲音。

這也難怪。因為主螢幕顯示出的無數機影中，包含了有別於〈幻獸・邦德思基〉的身影。

——沒錯。是一名身穿藍白CR-Unit的金髮少女。

「那是……！」

「——阿爾緹米希亞・阿休克羅夫特。」

說出這個名字的是看著螢幕的折紙。儘管語氣沉著，表情還是略顯緊張，緊緊握住手。

平常不表露感情的她難得做出這種反應。不過，這也是理所當然的事。因為現在逼近士道和六喰的是力量僅次於艾蓮・梅瑟斯的巫師。

不能讓阿爾緹米希亞到士道他們身邊。琴里發出焦躁的聲音說：

「唔——我把妳們傳送到幾個不同的地方，十香和折紙先來，坐上傳送裝置！」

「嗯！」

「了解。」

十香和折紙如此回答後，移動到設置於艦橋內的傳送裝置上。琴里瞥了她們一眼，對〈佛拉克西納斯〉的ＡＩ瑪莉亞說：

「另外，瑪莉亞，準備ＡＷ－１１１。」

『了解。不過，那個還在調整中。沒關係嗎？』

「沒關係，折紙一定能操作自如。」

「……？」

折紙大概是聽見琴里說的話，只見她納悶地歪了歪頭。

此時，控制檯下方恰巧像抽屜般展開，原本收納於內部類似銀色軍牌的物品暴露在空氣中。

琴里捏起那樣東西，扔向折紙。折紙單手接住後，張開手掌直盯著看。

「這是……緊急著裝隨身裝置？」

「對。這是〈亞斯格特〉電子公司製造的CR-Unit，ＡＷ－１１１〈布倫希爾德（Brynhildr）〉。是最新型的喔，拿去用吧。」

琴里如此說著豎起大拇指，折紙便心領神會地握緊手中的隨身裝置，點了點頭。

「——明白了。」

「很好，那要出發嘍。確認座標，開始——傳送！」

『了解。開始傳送。』

瑪莉亞從擴音器發出聲音回答琴里。接著，呼應瑪莉亞說的話，站在傳送裝置上的十香和折紙全身發出淡淡光芒。

然而，就在十香兩人的身體開始消失的那一瞬間——

「呀……！」

〈佛拉克西納斯〉的艦橋傳來一陣劇烈震動，琴里不禁尖叫。突然產生的衝擊令她差點跌下艦長席，好在及時踏穩了腳步。

「呀……！」

坐在位子上的琴里和船員們倒還好，反倒是並排在艦橋的那些精靈當場跌得東倒西歪。

「痛死人了……到底發生什麼事了啊！」

二亞搓揉著疑似撞到地板的額頭，嘟起嘴脣埋怨。於是，像是在回答她的疑問，艦橋下方傳來船員們的聲音。

「是……是〈蓋迪亞〉發射砲彈攻擊！」

「由於隨意領域防禦成功，沒有損傷！」

琴里聽了氣憤地皺起眉頭。

「……嘖！」

如果〈蓋迪亞〉發射的是普通的魔力砲，其威力不會在被隨意領域阻擋後還讓艦橋搖晃到這種地步。

艾蓮明知無法擊破〈佛拉克西納斯〉的隨意領域，才刻意連同隨意領域和艦身一起攻擊，造成劇烈晃動。

沒錯——就像敲門一樣。

「別狗眼看人低了，艾蓮．梅瑟斯……！」

琴里緊咬了一下嘴裡含著的加倍佳棒棒糖。

結果，彷彿看見了琴里的舉動，艦橋的擴音器恰巧在此時響起通報外部通訊的警報聲。

用膝蓋想也知道……對方是誰。琴里不悅地說道：

「……接過來。」

「是！」

船員回答的同時，螢幕顯示雜訊，隨後映照出一名年輕少女的身影。

一頭淡金色的髮絲與病人般的白皙肌膚。全身包裹著代表巫師的白金色接線套裝，但螢幕上映出的脖子和手臂卻纖細得感覺稍微用力就能折斷。

乍看之下，是個平凡——不對，是比普通還要柔弱的外國少女。但她那雙碧眼充滿不可一世的絕對自信。

「……艾蓮・梅瑟斯。」

『是我沒錯，很久沒像這樣跟妳面對面了呢，五河琴里。』

艾蓮將嘴唇彎成新月的形狀，如此回答。看見她那老神在在的模樣，琴里抽動了一下眉尾。

這並不是她第一次目睹這幅情景。在士道藉由〈刻刻帝（Zafkiel）〉的力量改變歷史前，琴里以及〈佛拉克西納斯〉曾經像現在一樣透過螢幕面對艾蓮——然後，嚐到敗北的滋味。

「妳還真是陰魂不散呢。不過，這次我不會再讓你們為所欲為！」

『呵呵，妳自信的來源是那艘艦艇嗎？看來好像是新型的樣子，不過——別白費心機了。我會「再次」擊墜它。』

「少說大話了——」

話說到這裡，琴里微微屏住呼吸。

因為她發現艾蓮所說的「再次」這兩個字代表了什麼含意。

〈佛拉克西納斯〉被〈蓋迪亞〉打敗是士道改變歷史前的世界。這個世界的艾蓮不可能知道這個事實。

「……原來如此。是透過〈神蝕篇帙（Beelzebub）〉得知的吧。」

琴里輕聲低喃。

被艾薩克．威斯考特奪走的無所不知的魔王〈神蝕篇帙〉。只要利用它的力量，就算得知本來不可能知道的改變前的世界資訊也不足為奇。

「哼……妳家社長玩得還真開心呢，簡直像拿到新玩具的小孩。」

『小孩嗎？呵──妳說的也不算錯。』

「是啊。又不是漫畫，如果判斷力正常，堂堂一個組織首領才不會闖進敵人的根據地吧。」

『……？』

琴里說完這句話的瞬間，艾蓮的臉上第一次輕微浮現類似動搖的表情。

『五河琴里，妳剛才說了什麼？妳說艾克闖入〈拉塔托斯克〉的基地……？』

然後她從喉嚨擠出疑惑──或者該說因憤怒而顫抖──的聲音。

「──────」

艾蓮這出乎意料的反應令琴里不由得嚥了一口口水。

不會有錯。艾蓮並不知道──艾薩克．威斯考特襲擊〈拉塔托斯克〉基地一事。

「……哦，看妳這反應，好像不知道這件事呢。這麼重要的作戰竟然沒通知妳，還擺出一副左右手的樣子，人家搞不好根本不信任妳耶。」

『…………』

艾蓮沉默了一下，露出前所未有的表情瞪視琴里。

不過，她自言自語般微微動了動雙脣後，又立刻恢復平常若無其事的表情，撥了一下她的長劉海。

『妳挑撥離間的技術也太差了吧。妳以為我會相信敵人說的話嗎？』

「不相信的話，妳自己去問清楚不就得了。還是說，妳不敢問？」

『這種胡言亂語，根本就沒必要證實。不過——好吧，既然妳都這麼說了，我就馬上確認看看吧。』

艾蓮如此說完露出銳利的視線，繼續說道：

『——頂多，只要花五分鐘就夠了吧。』

她說完這句話後，通訊同時中斷，顯示於主螢幕的ＤＥＭ艦隊出現了變化。

以〈蓋迪亞〉為中心，其他三艘艦艇分散包圍住〈佛拉克西納斯〉。

顯然是宣布開戰。琴里從鼻間哼了一聲後，開始對眾船員下達指示。

「將隨意領域的屬性設定成防禦，接著後退！雖說除了〈蓋迪亞〉以外的艦艇都是些蝦兵蟹將，但被包圍還是對我們不利。趁對方還沒發動攻擊之前——」

「琴里！」

就在這時，後方傳來一道聲音打斷琴里。是美九。

「先把我們傳送到艦外吧！那些蝦兵蟹將由我們來解決！」

其他精靈也紛紛附和美九。

「妳就專心對付〈蓋迪亞〉吧……！」

「呵呵，十香和折紙去幫助士道了。那吾等就來守護他們的歸處吧。」

「妳們……」

琴里猶豫了一會兒後，輕輕搖了搖頭。

「──不行，拜託妳們留在這裡。」

「！怎麼這樣！我們也想幫忙……」

「冷靜一點。因為我可能會需要妳們的力量──才這麼拜託妳們的。」

「咦……？」

「疑問。這話是什麼意思呢？」

聽見琴里說的話，精靈們歪了歪頭表示疑惑。

「我很想靠自己解決，但對手是〈蓋迪亞〉，搞不好──」

琴里一一望向精靈們的臉，話說到這裡，突然停止。

理由很單純。因為應該在現場的其中一名精靈不見蹤影。

「咦……？那孩子跑到哪裡去了……」

「！〈蓋迪亞〉朝我們前進了！」

但在這一瞬間，艦橋下方傳來船員的聲音，琴里的注意力轉向那一方。

沒有時間好好思考她為什麼不在，就算她是因為害怕戰鬥而躲起來，琴里也不打算責備她，更沒有要逼迫她幫助自己的意思。琴里舉起手，下達指示。

「妳們先等一下！

——全體人員，做好心理準備！要開打嘍！」

「了解！」

船員的聲音從艦橋下方響起。琴里舔了一下嘴唇，怒視映在主螢幕上的白金色空中艦艇。

「等著吧，我親愛的宿敵。讓妳見識見識新型〈佛拉克西納斯〉的力量！」

然後她指向螢幕——

高聲吶喊出那句話。

「來吧——開始我們的戰爭(DATE)吧。」

◇

「——【開(Rataibu)】。」

六喰發出簡短的聲音，並且將手中鑰匙形狀的天使〈封解主〉刺向虛空，轉動它。

於是，宛如打開門鎖般空間中突然開啟一扇「門扉」，將飄浮在六喰周圍的岩石和機械碎片一口氣吸了進去。

「受死吧。」

「……！」

然後下一瞬間，出現無數的「門扉」包圍住士道，打開後，裡面同時飛出剛才消失的飛礫。

從三百六十度，四面八方一齊射擊。當然，〈佛拉克西納斯〉籠罩住士道的隨意領域像剛才一樣對飛礫產生反應，試圖移動士道的身體使他避開攻擊，但是——這次與剛才不同，無處可逃。幾塊躲不開的飛礫以貫穿士道身體之勢逼近而來。

不過，士道也不會只是坐以待斃。他朝前方舉起左手，大喊：

「〈冰結傀儡(Zadkiel)〉……！」

瞬間——士道的周圍颳起一道冷氣洪流，在他面前形成冰盾。

飛礫與冰盾互相撞擊，飛濺開來。有幾道衝擊波襲向士道的身體。

六喰見狀，微微瞇起雙眼。

「哦？你尚能操縱其他天使啊。越來越奇妙了呢。你當真是人類？」

「我自己是這麼認為的，只不過——」

士道凝視著六喰的雙眼，吸了一口氣。

然後在腦海裡描繪幻想，發出聲音。

【──我決定不惜任何代價，就為了來到妳的身邊。】

蘊含天使〈破軍歌姬〉之力的聲音。

這句從士道喉嚨發出的充滿魔力的話語，沿著〈佛拉克西納斯〉的隨意領域震動士道的鼓膜，使他的身體產生非凡的力量。

「唔喔喔喔喔喔喔喔！」

士道在半空中縮起腳，一口氣向下蹬。當然，這裡是空中，不可能有站穩腳步的地面。但是包圍士道身體的隨意領域察覺他的動作和意志，使他飛向前方。

以迅雷不及掩耳的速度逼近飄浮在宇宙的六喰身邊。

然而，下一瞬間──

「……！」

士道屏住了呼吸。

理由很單純。因為在他即將抵達六喰身邊的時候，他的眼角餘光出現了一個身穿機械鎧甲的人影。

「不好意思啊。那個精靈，我們要了。」

金髮少女手持光劍擺出刺擊的姿勢，淡淡地說道。

「妳是——」

士道對這名少女有印象——阿爾緹米希亞．阿休克羅夫特，是DEM的巫師，曾經攻擊反轉後的二亞。

看來她也隨著〈蓋迪亞〉來到了外太空。不過，由於士道全神貫注地面對六喰，直到剛才才發現她的接近。

阿爾緹米希亞的劍已經架到士道的脖子上。

必死無疑。他不曉得〈灼爛殲鬼（Camael）〉的火焰是否連被砍斷的頭都能修復，就算真的能癒合，他也不認為阿爾緹米希亞或六喰會好心地幫他將身首結合在一起。

不過，在一瞬猶如數十秒的極限狀態中，士道的心中閃過更濃烈的感情勝過自己的危機。

沒錯。要是士道死在這裡，阿爾緹米希亞勢必會毫不猶豫地攻擊六喰吧。

當然，六喰是精靈，只要利用她的〈封解主〉，在關鍵時刻應該能逃到空無一人的安全地帶，也不排除會直接回擊阿爾緹米希亞。

但是這也意味著六喰將永遠封鎖她的心房。

死，或是永遠的停滯。

士道在這裡喪命，表示六喰只剩下這兩種選擇。

「我絕不允許……這樣……！」

士道強制對身體發號施令，舉起手中的〈封解主〉。當然，已經來不及防禦。不過如果能對阿爾緹米希亞造成半點嚇阻作用，或許還能留下一張連接身首的脖子皮。如此一來，搞不好〈灼爛殲鬼〉的力量能保住士道一條性命。

充滿了「或許」、「搞不好」，如此不切實際的微弱反抗，但那是現在的士道唯一能做的垂死掙扎。

阿爾緹米希亞的光劍觸碰到士道的咽喉。以濃密的魔力形成的劍尖劃破肌膚，產生帶有灼熱感的劇烈疼痛以及皮肉燒焦的臭味。

不過——

「……！」

此時愕然吃驚的不只士道，還有阿爾緹米希亞。

「咦——？」

聽見阿爾緹米希亞的驚愕聲，士道不禁發出聲音。

因為上一秒命在旦夕的士道現在仍有意識，喉嚨也還健在。

士道隨後便恍然大悟。

劃破士道脖子的劍被下方出現的劍刃擋了開來。

「——士道，你沒事吧？」

「折紙！」

士道瞪大雙眼，呼喚出現在現場的少女之名。

沒錯。眼前正是身穿陌生機械鎧甲的折紙。

以美麗的流線型構成的純白CR-Unit。覆蓋肩膀和胸口的部分猶如西洋的甲冑，手裡握著的武器與其說是劍，更像是一把長槍。

「妳這副模樣是——」

「待會兒再說明。」

折紙簡短地說完，用長槍橫掃姿勢被打亂的阿爾緹米希亞。

「唔……」

「……！」

或許是因為隨意領域互相接觸而推測出彼此的力量，只見折紙和阿爾緹米希亞微微皺眉。形成劍刃的魔力光互相碰撞，在幽暗的宇宙空間描繪出耀眼的閃光軌跡。

「士道！」

士道脫離險境後，一瞬間呈現精神恍惚的狀態。此時，這樣的呼喚聲震動了他的鼓膜。

下一瞬間，他的手臂被人一把抓住，用力扯了過去，感覺手臂都要被扯斷了。

「嗚哇！」

士道不由自主地大叫出聲，不過——他立刻便領會了這個動作代表的含意。

因為六喰釋放出的幾條光線通過士道剛才所在的空間。要是他繼續呆站在原地，被折紙救回的一條命又差點進了鬼門關。

「你沒事吧，士道！」

「嗯，我沒事，謝謝妳——十香。」

士道擦拭額頭冒出的汗水，呼喚剛才拉扯他手臂的少女之名。沒錯。拯救士道脫離危機的，正是身穿限定靈裝、手持天使〈鏖殺公（Sandalphon）〉的十香。看來，她也跟著折紙一起來幫助士道。

不過，士道沒有閒情感到放心。

六喰哼地吐了一口氣，同時舉起〈封解主〉，再次發射飛礫。

不只如此，還出現無數的人偶——〈幻獸・邦德思基〉，從後方對士道和六喰發射砲擊。

「唔……〈冰結傀儡〉！」

「喝啊！」

士道利用〈冰結傀儡〉的力量建構冰盾，同時，十香則是揮舞〈鏖殺公〉擊落〈幻獸・邦德思基〉群的攻擊。

當然，攻擊並未因此停止。士道等人的〈拉塔托斯克〉、企圖捕捉精靈的DEM，以及將一切視為敵人的六喰，為了各自的目的，在外太空降下靈力、魔力之雨。

「……！」

然而，即使處於槍林彈雨之中，士道也無所畏懼。不對──正確來說，是其他勝過恐懼的念頭占據了他的腦海。

「十香！趁現在！」

「嗯！我來為你開路！」

十香大喊回應士道。

看來十香也跟士道有著同樣的想法。不過，那也是理所當然的事。因為戰鬥時的十香判斷力既敏銳又迅速，是士道所望塵莫及的。

士道等人確實處於戰場之中。雖說有隨意領域保護，卻是處於稍有不慎，頭部就會被轟飛的魔力暴風雨中。

不過，這同時意味著六喰也必須應付這樣的狀態。事實上，六喰正忙著擊開逼近自己的魔力光，或是將魔力光引進用〈封解主〉開啟的「門扉」中。

如果是現在，趁虛而入的可能性應該會比剛才高。

「我們上吧，十香！」

「好！」

士道吶喊後，便跟十香一起跳進光之流星群中。

兩道人影在陰暗的宇宙中互相糾纏、衝撞，交錯而過。

折紙操作覆蓋在自己身上的隨意領域，一邊微調行進的軌道，對阿爾緹米希亞展開不知是第幾次的攻擊。

「呼——！」

「妳就這點能耐啊！」

折紙揮舞光槍發出的一擊被阿爾緹米希亞的光劍擋下。魔力光如火花四濺，將折紙的視野照射得一片閃亮。

「唔——」

經過幾次的攻防後，折紙拉開與阿爾緹米希亞的距離。

汗水沿著臉頰流下。

即使穿上最尖端的裝備也彌補不了的差距，令她想起以前面對艾蓮·梅瑟斯時，難以招架的強大氣勢。

「哦……」

阿爾緹米希亞饒富興味地望著折紙的容貌，輕聲說道：

「妳的裝備真是有意思呢。那把長槍——是在我們戰鬥時，收集散落在四周的魔力而形成的刃吧。要是陷入長期戰，感覺有點麻煩呢。」

「…………」

折紙微微動了動眉毛。折紙手握的光槍〈恩赫里亞〉(Einherjar)正如她所說，是將釋放出的魔力再次回收形成槍刃，能抑制生成的魔力，進而消耗對方的魔力。

「雖然是沒看過的CR-Unit，但妳是巫師吧，為什麼會幫助精靈？」

「…………」

這句話聽起來很奇怪。阿爾緹米希亞理應認識折紙，除非她得了健忘症，否則不可能會忘記折紙。

「……阿爾緹米希亞，妳為什麼會離開ＳＳＳ，加入ＤＥＭ？妳絕對不可能對ＤＥＭ有好感吧。」

「……？妳在說什麼？為什麼妳會知道我的名字……話說，ＳＳＳ是……？」

阿爾緹米希亞露出納悶的表情後——皺起眉頭，將手抵在額頭。

「唔……唔……？」

然後她發出痛苦的呻吟，像是要擺脫頭痛似的甩了甩頭，將視線移回折紙身上。

「……算了，我不追究。看來不打敗妳就無法完成我的任務。」

阿爾緹米希亞露出銳利的眼神，重新舉起手上的光劍。

「抱歉，我要打倒妳。」

「——！」

下一瞬間，折紙視野中的阿爾緹米希亞身影突然膨脹。

她利用隨意領域毫無預警地加速。折紙在意識到這件事之前，身體就已擅自行動。

折紙舉起〈恩赫里亞〉，擋開朝她頭頂揮下的光劍。不過，阿爾緹米希亞的攻擊當然不會就此停止。她接連從上、下、左、右以及前方各個方位砍向折紙。

「唔……！」

即使應戰，折紙還是沒辦法擋下全部的斬擊。她的腹部挨了一記攻擊，飛向後方。

像這樣刀刃相接後，折紙再次理解到兩人的實力差距。她當然也有自信能戰勝一般的巫師，但阿爾緹米希亞的力量遠遠凌駕在她之上。

不論是魔力生成量、控制魔力的能力、隨意領域的規模、精密度，恐怕連體能都勝過折紙。

身為一名巫師，折紙可說是沒有一點勝算。

「……不過——」

折紙也有——非贏不可的理由。

她痛苦地皺起臉孔，握緊拳頭。

「阿爾緹米希亞．阿休克羅夫特，妳比我強太多了。」

然後吸了一口氣，並且集中精神。

「──『就身為一名巫師來說』。」

「……！」

折紙如此呢喃的瞬間，高舉光劍的阿爾緹米希亞瞪大雙眼，脫離飛行的軌道遠離折紙。

不過，這也無可厚非吧。換作是折紙，如果對方的身體突然在戰鬥中發出光芒，她也會有所戒備，採取同樣的行動。

「這是……」

阿爾緹米希亞露出驚愕的表情凝視折紙。

──她那金屬鎧甲與閃耀光輝的限定靈裝結合在一起的模樣……

沒錯。限定靈裝的形狀在顯現時受到身上所穿的服裝影響。

如果身上穿著的是本身擁有戰鬥能力的CR-Unit──必定會呈現這樣的形狀。

精靈與巫師。融合了兩種對立身分的姿態。

既是精靈，也是巫師──這世上恐怕只有鳶一折紙才能顯現出這種奇蹟的混合體。

「如果是這種狀態，就能和妳交戰。」

折紙凝視著阿爾緹米希亞，輕聲說道。她身上的純白靈裝隨風飄動。

於是，雙眼圓睜的阿爾緹米希亞開口回應：

「精靈。哈哈……原來如此，妳是我打倒〈修女(Sister)〉時在場的精靈啊。因為妳穿著CR-Unit，我一時沒認出來。」

接著，阿爾緹米希亞將嘴唇彎成新月的形狀。

「太好了。既然妳是精靈，我就能毫不留情地殺了妳。」

「…………」

折紙與阿爾緹米希亞，兩人靜靜地四目相交後——

猶如磁鐵相吸，同時衝向前方。

◇

「〈世界樹之葉(Yggd Folium)〉一號到十號，射向指定座標，將隨意領域展開到最大！」

「了解！」

艦橋下方的〈穿越次元者〉中津川迅速操作控制檯。於是，顯示於副螢幕上的〈佛拉克西納斯〉剪影的後方閃爍起藍色的光，發射出好幾枚自主型裝置〈世界樹之葉〉。

它們散開後包圍住〈蓋迪亞〉，各自展開隨意領域，化為飄浮在宇宙的水雷，停留在原地。

「很好，趁現在！發射收束魔力砲〈銀槲之劍〉(Mistilteinn)！」

『了解。發射收束魔力砲〈銀槲之劍〉。』

AI瑪莉亞回覆琴里的號令，同時艦橋響起低沉的驅動音——主螢幕充滿一片刺眼閃光。

〈佛拉克西納斯〉的前端迸發出魔力的奔流，衝向〈蓋迪亞〉。

不過——那艘艦艇在砲擊就要直接擊中它的瞬間，突然以不自然的行進路徑退向右方，穿過〈世界樹之葉〉之間，逃向空中。

「嘖……它的行動還是一樣捉摸不定。」

琴里一臉憤恨地皺起眉頭。

艾蓮所駕駛的〈蓋迪亞〉最大的武器不是能一擊擊敗敵人的超強火力，也不是能承受任何攻擊的耐久性。

——而是風掣雷行般壓倒性的機動力。

和其他空中艦艇最大的不同在於由於是艾蓮·梅瑟斯直接操控，因此能無視物理法則，以詭異的路徑移動。這就是〈蓋迪亞〉之所以成為最強之艦的理由。

打個比方來說，就像是一輛笨重的大型汽車對抗巨人自在操縱的將棋棋子。〈佛拉克西納斯〉雖然也經過修改，成功大幅改善了機動性，但還是不及〈蓋迪亞〉。

沒錯——如果持續現狀。

「——神無月！」

「在。」

琴里出聲叫喚後，一名站在艦長席旁的高挑男子便如此回應。他是〈佛拉克西納斯〉的副司令，神無月恭平。他的頭部正戴著將腦波傳送到顯現裝置的頭戴式耳麥。

「瑪莉亞，將〈佛拉克西納斯〉的駕駛模式改成手動操作。」

『了解。留下一台駕駛顯現裝置，其餘的用於產生魔力。』

瑪莉亞說完後，神無月手扶著頭戴式耳麥，揚起嘴角。

「可惜我不記得了，但在改變前的世界，我們似乎嚴重慘敗呢。不可饒恕，不論是破壞司令美麗世界樹的那名巫師，還是保護失敗的我自己。」

「別放在心上。不過，那場敗仗，我們要在這次雪恥回來。」

「那是當然。啊——不過，在自己沒有記憶時受到屈辱，就好像昏睡時被人毛手毛腳，不覺得有點興奮嗎？」

『琴里。我不想讓這個人操控機體。』

「我非常了解妳的心情，但還是請妳忍耐一下吧。」

瑪莉亞嫌棄地說道，琴里語帶嘆息地回答她。不過，神無月本人卻一副滿不在乎的樣子——

不對，反而因此體會到快感的樣子。

「總之，我們上吧。讓對方見識見識我們不同以往的實力。」

「了解，依妳所願。」

神無月敬了一個禮如此回答後，此時偵測到〈蓋迪亞〉急速接近的反應。

神無月同時倏地瞇起雙眼。於是，艦身後方剩餘的〈世界樹之葉〉便發射出去，分散開來阻擋住〈蓋迪亞〉航行的方向。

如果是普通的艦艇，照這速度和距離肯定閃避不了。只能將隨意領域的屬性設成防禦來承受攻擊吧。

這是指普通艦艇的情況下。

〈蓋迪亞〉在即將觸碰到水雷化的〈世界樹之葉〉的隨意領域時，突然轉換方向——不對，是面向前方直接平行移動後，穿過〈世界樹之葉〉之間，逼近〈佛拉克西納斯〉。

「〈蓋迪亞〉接近！」

船員的聲音響遍整個艦橋。這次立場完全對調，換〈佛拉克西納斯〉陷入絕境。如果是普通的艦艇，根本無法閃避如此接近的艦艇所造成的衝擊。

——沒錯。這是指普通艦艇的情況下。

「————！」

〈蓋迪亞〉與〈佛拉克西納斯〉的隨意領域正要互相接觸的瞬間，琴里感受到一股奇妙的飄浮感。

與此同時，主螢幕上所顯示的〈佛拉克西納斯〉前方攝影機所拍攝的影像，以眼花撩亂的速度不停變化。

「嗚哇哇！」

艦橋響起某人驚愕的聲音。

片刻過後，螢幕映出〈蓋迪亞〉的艦身從側面通過〈佛拉克西納斯〉剛才所在地的影像。

因為〈佛拉克西納斯〉也跟〈蓋迪亞〉一樣，不靠推進器進行平行移動。

方才那股奇妙的飄浮感是為了保護艦橋不受到這種荒謬的驅動方式而施展隨意領域所造成的效果。要在一瞬間移動巨大的艦身，這樣的掌舵方式太胡來了。要是無法緩和衝擊，艦橋上現在大概充滿了受到劇烈搖晃的船員們的鮮血和吐瀉物吧。

「嗚哇！剛才是怎麼回事！畫面天旋地轉的！」

站在後方的耶俱矢有些興奮地發出雀躍的聲音。琴里豎起嘴裡含著的加倍佳糖果棒，揚起嘴角。

「是〈佛拉克西納斯〉改良的重點之一。在隨意領域之中再展開一張只包圍艦身的隨意領域，利用隨意領域互相排斥的原理，能夠進行以往無法辦到的自由驅動。」

琴里得意洋洋地說完後，聳了聳肩說：

「不過，令人不滿的是這個想法來自在改變前的世界所看見的〈蓋迪亞〉就是了。」

於是，擴音器響起瑪莉亞的聲音回應：

『沒問題的，琴里。顯現裝置或是空中艦艇沒有專利。況且——』

瑪莉亞頓了一拍，接著說：

『——勝者為王。』

毫無抑揚頓挫的機械聲，表情只有顯示在副螢幕上的「ＭＡＲＩＡ」這排字。

不過從她的聲音聽來，彷彿隱約看見了一名露出戲謔微笑的少女身影。

琴里莞爾一笑，瞪視〈蓋迪亞〉。

「瑪莉亞，妳說的沒錯。好了，我們就讓她領教到自己究竟惹錯了什麼人！」

「了解！」

琴里說完後，神無月以及船員們同時大聲回應。

不過，此時有一人面有難色地眉頭深鎖。是二亞。

「唔……不過，妹妹啊，真的沒問題嗎？這一招確實很厲害沒錯，但那也只是模仿對方，提高速度而已，並不代表和對方勢均力敵吧？」

二亞的意見的確很中肯。琴里望向她，正要回答的時候——

擴音器卻搶先一步響起瑪莉亞的聲音。

『這個人是怎樣？覺得潑人冷水很威風嗎？』

「不是啦，我沒有那個意思……」

『是很愛找碴的那種人吧。這種人將來有了小孩，一定會變成怪獸家長。很丟臉耶，別這樣好嗎？』

「咦！這孩子好像只對我特別尖酸刻薄耶。」

二亞有些困惑地皺起眉頭說道。琴里無奈地聳聳肩。

「總之，我們只能靠現有的招數戰鬥了。現在集中精神對付〈蓋迪亞〉吧。」

琴里說完，拿出嘴裡的加倍佳棒棒糖指向螢幕上的〈蓋迪亞〉。

「……唔。」

艾蓮．梅瑟斯在高速機動艦〈蓋迪亞〉的艦橋上輕聲嘆息。

不對，說是「艦橋」或許有語病。在擺滿各種電子機器和裝置的空間中央設置了一座艾蓮專用的圓形吊艙，吊艙內延伸出來的好幾條電線連接著艾蓮的接線套裝。

不過，這也是理所當然的事。因為這艘〈蓋迪亞〉的操作方式與普通的空中艦艇截然不同，它的機體可說是艾蓮專用的超巨大CR-Unit。

「剛才的動作——是模仿〈蓋迪亞〉嗎？原來如此，看來新型的〈佛拉克西納斯〉並非虛有其表呢。」

艾蓮望向投影在眼前的艦外影像，倏地瞇起雙眼。

〈拉塔托斯克〉的空中艦艇〈佛拉克西納斯〉機動性遠超過艾蓮記憶中的程度。

麻煩的不只這樣——還有位於艦內的一群精靈。

如果直接破壞〈佛拉克西納斯〉，艦內的精靈們也會受到池魚之殃，最壞的情況是靈魂結晶有可能散落在這個浩瀚無垠的宇宙。

所以，艾蓮只能保留〈佛拉克西納斯〉的完整性，破壞它的機能。倘若〈拉塔托斯克〉明知道這一點還將精靈們留在艦內，未免也太壞心了。

「反正——」

艾蓮並不怎麼慌亂。

「也不過是兔子在獅子面前變成狐狸，這種程度的事情罷了。」

她簡短地如此說完，再次高速驅動〈蓋迪亞〉。

透過接線套裝想像自己身體的感覺正在擴大。

宛如跳進廣大的海中，沒入水底的感覺。

艾蓮如今正與白金色的空中艦艇化為一體。

正如艾蓮腦海裡描繪的畫面，巨大的空中艦艇奔馳在漆黑的宇宙中。

這世上不存在任何能追上〈蓋迪亞〉與艾蓮的物體。

「我修正我說過的話，〈佛拉克西納斯〉——只要三分鐘，就夠了。」

〈蓋迪亞〉自由自在地穿梭在宇宙中，朝〈佛拉克西納斯〉發射砲擊。〈佛拉克西納斯〉勉強能應付，但反應速度時間上的微小之差逐漸而確實地形成無法超越的差距。

「——呼。」

天上閃耀的星斗在視野留下美麗的軌跡，感覺宛如混進了巨大的流星群之中。

在令人眼花撩亂的速度下，艾蓮的腦依然清楚地掌握周圍的狀況。將知覺的敏銳度提高到極限，一切事物都以慢動作掠過眼前。凌駕萬物之上的感覺。實際感受到這世上沒有人能與艾蓮並駕齊驅。

「生成魔力量、填充時間，更重要的是——機動性。看來的確是優於『之前世界』的〈佛拉克西納斯〉沒錯。但是，最關鍵的戰術卻一成不變，未免也太不用心了。」

艾蓮從鼻間哼了一聲後，駕駛〈蓋迪亞〉滑行在剛才釋放出的魔力奔流上，逼近〈佛拉克西納斯〉。

「妳能踏進我的領域，我表示讚賞。」

然後，將砲門朝向〈佛拉克西納斯〉毫無防備的艦身。

「不過，挑戰上天者，必定會折翼。

——被神之火灼燒，墜落吧，愚者。」

一道閃光劃破天際。在到達臨界點前一刻充填完畢的生成魔力一口氣釋放而出，朝〈佛拉克西納斯〉延伸而去。

保護艦身的隨意領域因為接觸到〈蓋迪亞〉的隨意領域，導致強度明顯下降——而艾蓮怎麼可能放過這個破綻。

照這個距離和時間點，應該不可能閃避開來。

然而——

「……？」

下一瞬間，艾蓮不由得屏住了呼吸。

理由很單純。因為擊中的瞬間，〈佛拉克西納斯〉的艦影晃動了一下，隨後〈蓋迪亞〉的魔力砲便射向後方。

「這是……」

艾蓮瞪大雙眼，再次望向〈佛拉克西納斯〉。

不對——應該說想要望向它。

那時〈佛拉克西納斯〉早已不見蹤影，反倒是一陣劇烈的衝擊與震動襲向艾蓮。

「什麼……！」

駕駛艙一陣天搖地動。艾蓮差點跌落圓形吊艙，好不容易才穩住身體。

「這是怎麼回事！」

〈蓋迪亞〉的表面包覆著一層隨意領域，就算被隕石還是什麼砸中，也不至於造成這樣的衝擊才對。

能破壞空中艦艇的只有帶有生成魔力的攻擊。

而如今現場只有一艘敵方的空中艦艇。

沒錯。〈佛拉克西納斯〉艦身發出銀色火焰般的光芒，各個部位變形展開，以迅雷不及掩耳的速度來到〈蓋迪亞〉的背後，發動攻擊。

意識到這件事的同時，搭載於〈蓋迪亞〉的偵測機發出警報。

──靈波反應。

從眼前這艘艦艇偵測到的並非顯現裝置所產生的魔力，而是──精靈的靈力。

「──〈佛拉克西納斯〉……！」

察覺到一切的艾蓮殺氣騰騰地發出充滿怨恨的聲音。

「——誰說我手上只有一張王牌了？」

琴里用袖子擦拭冷汗，望向顯示在螢幕上的敵艦——第一次被魔力砲擊中，暴露出裝甲內側的高速機動艦。

琴里現在背靠著艦長席，坐滿整個座位，身體各處黏著從艦長席伸出的宛如電極的裝置。

不，不僅如此。艦長席的後方還設有一台伸縮型的圓柱形裝置，精靈們正把手置於上方。

「——各位，謝謝妳們的幫忙。我想只靠我一個人的靈力應該會不夠。」

「別這麼說……我很開心能幫上忙。」

「呵呵！只要吾等同心協力，便所向無敵！」

「首肯！沒有人能敵過夕弦等人。」

琴里說完後，精靈們紛紛滿心歡喜地回答。

「這代表我們的靈力結合在一起了吧！融為一體了吧！人家覺得好幸福喔！」

……倒是有一名少女開心的點跟別人不一樣就是了。

總之，多虧了大家幫忙，才能向〈蓋迪亞〉報一箭之仇，這是不爭的事實。

——布洛德系統。

〈佛拉克西納斯ＥＸ〉所搭載的新的殺手鐧。

和精靈靈力砲〈永恆之槍(Gungnir)〉一樣，是由精靈直接提供靈力，雖然需要花一點時間，但能賦予隨意領域超越極限的力量。

當然，封印後的精靈只能釋放出一定的靈力，所以必須從士道身上逆流回某種程度的靈力。也因此琴里盡可能不想使用這一招，不過一旦使用，效果絕佳。

而且現在還使用了琴里、四糸乃、耶俱矢、夕弦、美九這五人的靈力。

如今的〈佛拉克西納斯〉不適合用艦艇這個詞彙來形容。

而是好比——一顆擁有意志，在天空自由翱翔的子彈。

「真是窩囊呢。就顯現裝置的性能來說，我們〈拉塔托斯克〉還略勝一籌，卻不得不耍這種花招。」

老實說，就真正的意義而言，難以說是占上風。

不過——

「現在這個瞬間，是我們獲勝。墜毀吧，最強巫師。」

琴里猛然豎起大拇指，指向下方。

此時，〈佛拉克西納斯〉正好發射出第二發魔力砲——擊中疑似因為受損而反應遲鈍的〈蓋迪亞〉。

負有最強盛名的白金色艦艇冒著黑煙墜向地球。

◇

「唔喔喔喔喔喔！」

士道像持長槍一樣雙手握住變化成〈封解主〉的〈贗造魔女〉，在隨意領域中飛行般奔馳。

六喰的四周早已充滿無數的〈幻獸・邦德思基〉，呈現大混戰的狀態。六喰揮舞著〈封解主〉，發射出光線和流星群迎擊逼近而來的機器人。

好機會。DEM的人偶反而成了隱藏士道等人存在的屏障。

話雖如此，〈幻獸・邦德思基〉當然並非士道等人的同伴。數架〈幻獸・邦德思基〉對闖進混亂中的士道等人產生反應，對他們發動攻擊。

不過——

「——喝啊！」

在〈幻獸・邦德思基〉的攻擊擊中他們之前，十香搶先一步跳到士道面前，揮舞手中的大劍〈鏖殺公〉，劍光一閃，砍倒〈幻獸・邦德思基〉。

「去吧，士道！」

「好！」

士道滑進十香殺出的血路後，直接衝向六喰，試圖將鑰匙的前端插入她的體內。

「〈封解主〉……！」

然而，在〈封解主〉就要觸碰到六喰身體的瞬間——

「——【開】。」

前方響起六喰低微的聲音，隨後士道刺出的〈封解主〉前方開啟一扇小型的「門扉」，將〈封解主〉的前端吸進門中。

「什麼……！」

「——你以為敵人增加，我便會將注意力從來歷不明的你身上移開嗎？」

六喰狠狠瞪視士道，高舉〈封解主〉。於是，〈封解主〉的前端像是呼應她的這個動作，產生出光粒。

「士道！快逃！」

「唔……！」

士道屏住呼吸，想要逃離現場。

然而——為時已晚。在士道拉開距離之前，六喰的〈封解主〉已經釋放出無數條光線。

「士道！」

「——哦？」

就在此時，六喰發出疑惑的聲音。

因為有一個巨大的物體從右方飛來，妨礙六喰的攻擊。

當然，雖說包覆著〈佛拉克西納斯〉的隨意領域，但區區一片金屬片怎麼防得了精靈的攻擊。看來，是在附近交戰的空中艦艇的裝甲板被擊飛到這裡了。

然而阻擋下來的終究只是光線的直接攻擊。承受六喰一擊的裝甲板帶著其威力，以宛如要將士道壓扁的勁道飛向後方。

「唔喔……！」

「你……你還好嗎，士道！」

不知道飛離六喰的身邊多遠後，裝甲板猛然晃動了一下，停止前進。看來是追上士道的十香阻攔下來的。

「嗯，我沒事……謝謝妳，十香。話說回來——」

士道輕輕撫摸在千鈞一髮之際保護自己的裝甲板。

「未免太湊巧了吧……這種裝甲板竟然會飛進我和六喰之間——」

話說到這裡，士道停頓下來。

「咦……？」

理由很單純。因為他在裝甲板的背面發現了一樣東西。

「……嗯。小嘍囉差不多都解決了。」

六喰望著比剛才多了更多塵埃的宇宙空間，吐了一口氣。

四周飄浮著許多原本是人型的機器碎片，全是對六喰抱有敵意，被六喰破壞的敵人殘骸。

她伸手拿起一塊飄浮在附近的金屬塊，仔細地端詳。

「今日奇妙的客人可真多呢。不過……」

六喰隨便扔掉人偶的頭，望向後方。

「都不及你啊，士道。」

能看見一名眼瞳裡依然燃燒著意志火焰的少年，以及站在他前方保護他的少女身影。

「好不容易撿回一條命，又來送死了嗎？此番可不會如此好運了喔。」

六喰手持〈封解主〉擺出戰鬥姿勢如此說道後，士道額頭便冒出汗水，但還是露出心意已決的眼神望向六喰。

「我怎麼能逃啊？我說過，我是來打開妳心房的。」

「我亦說過，沒空陪你玩偽善的把戲。」

六喰露出藐視的眼神說完後，張開手示意四周。

「——所以，你接下來要如何是好？你打算利用的機器人已化為塵芥，無法再像方才那樣耍弄奸詐的計策了。」

「那可就難說嘍。塵芥——也有塵芥的作用。」

士道揚起嘴角，高舉手中冒牌的〈封解主〉。於是，飄浮在四周的機器人碎片回應士道的動作，有如小型隕石朝六喰飛去。

還不只如此。

「十香！」

「嗯！」

士道如此吶喊後，便和少女一起混進無數的飛礫中，朝六喰前進。

——是打算利用飛礫和少女進行攻擊讓六喰掉以輕心，趁虛而入嗎？

「不對……」

六喰瞇起眼睛，否定腦海裡突然冒出的想法。

「喝啊啊啊啊！」

彷彿要打斷六喰的思緒，少女發出裂帛般清厲的氣勢朝她揮劍而來。

但那一擊並非真心想把六喰的身體劈成兩半。她的劍擊不帶一絲殺氣。不過，也不無道理。

士道大言不慚地說要拯救六喰，他的同伴又怎麼可能會真心想將六喰的身體砍成兩半？

這種攻擊，要接下和擋開都輕而易舉。六喰加強握住〈封解主〉的手部力道。

「────」

不過，六喰在接下劍刃的前一刻向後退，以毫釐之差的距離閃避那一擊。

「喔哇！」

想必是萬萬沒想到六喰會在兵器相接的前一刻躲開攻擊，少女向前傾倒。六喰藉機踩了少女的肩膀一腳讓她失去平衡後，直接再次大幅度扭轉身體。

於是下一瞬間，六喰後方的空間開啟了一扇「門扉」，從中飛出〈封解主〉的前端。

「什麼──！」

一道慌亂無措的聲音從前方──士道的方向傳來。六喰望向聲音的來源，便看見士道雙手握住〈封解主〉，表情染上驚愕之色。

然後正如六喰所預想的，士道手持的〈封解主〉前端被虛空貫穿而過的「門扉」吸了進去。

「果然如我所料。」

六喰從鼻間哼了一聲。

利用無數的飛礫和少女的攻擊吸引六喰的注意力，再利用〈封解主〉開啟「門扉」，連結自己手邊與六喰背後的空間。如果士道複製的〈封解主〉具備與正牌同樣的力量，自然會想出這種手段吧。

實際上是巧妙利用天使的特性，非常有用的手段。

——前提是，用這招對付的對象必須不是對其天使之力瞭如指掌的真正主人。

「實在可惜啊。不過……到此為止了。」

六喰簡短地說完後，便將手中的〈封解主〉刺向士道開啟的「門扉」。

鑰匙前端通過利用天使的力量製造出的歪斜空間，逼近遠離的士道。

這下子萬事休矣。就算士道再怎麼鍥而不捨，要是身體的機能被「封鎖」，勢必不得動彈。

不過，在〈封解主〉的前端就要刺進士道身體的那一瞬間——

「嗚呀！」

耳邊響起一道驚呼聲，隨後士道的身體突然縮小，變成一名嬌小的少女。一頭蓬亂的髮絲和總有些不悅的表情。她抱著頭逃避六喰的攻擊，發出尖銳的聲音：

「士道，趁……趁現在！」

「——哦？」

面對出乎意料的事態，六喰瞪大了雙眼。

於是那一瞬間，她的背後出現某人的氣息。

「……？」

她將視線移向後方，便看見不知何時出現的手持〈封解主〉的士道。

「怎麼會？你究竟是何方神聖——」

「——只是個路過的高中生。」

說時遲，那時快，士道將〈封解主〉筆直地刺向前方。

鑰匙前端毫無阻礙地被吸進六喰的胸口。

究竟是什麼時候從哪裡冒出來，又是怎麼辦到的？六喰的腦海裡不停思考這些問題。

不過，這樣的思緒並沒有維持幾秒鐘。

「……【開】！」

因為士道說出這句話，同時轉動刺進六喰體內的〈封解主〉。

「啊——」

瞬間——

六喰有種長期緊閉的心中射進一道光芒的錯覺。

「呼——！」

「——喝啊啊啊！」

折紙的〈恩赫里亞〉與阿爾緹米希亞的光劍多次交鋒，魔力光在黑暗的宇宙中四濺。

「唔……」

長槍傳來光劍的重量，令折紙的胳膊頻頻顫抖。顯而易見地，對方施展出的每一擊都帶有必殺的威力與意志。

不過，折紙當然也不會甘於一直居下風。因為現在的她有新的作戰方式可以選擇。

「——〈滅絕天使〉（Metatron）！」

折紙高聲吶喊後，宛如羽翼飄浮在她背後的無數「羽毛」就像擁有自己的意志般飛向天空。它們將前端朝向阿爾緹米希亞後，同時對她發射光線。

「哎呀。」

阿爾緹米希亞發出輕呼聲，漂亮的一個扭身躲過攻擊。

「休想逃。」

折紙露出鋒利的視線，在腦內對飛舞在空中的〈滅絕天使〉下達指示。

於是，無數「羽毛」中的一半聽從折紙的指令，在阿爾緹米希亞的後方散開，呈網狀發射出光線堵住她的退路。

而剩下的一半則是集結在折紙手持的〈恩赫里亞〉前端，形成有如巨大鑽頭的形狀。

「喝啊！」

高速旋轉的〈滅絕天使〉釋放出的光線描繪出螺旋狀，逼近阿爾緹米希亞。

「——有兩把刷子嘛。」

阿爾緹米希亞莞爾一笑後，迅速瞇起雙眼。

於是那一瞬間，裝設在阿爾緹米希亞後背包有如羽毛的零件，朝集結而成的〈滅絕天使〉一齊發射魔力砲。

「唔……！」

兩道光線伴隨著強烈的衝擊波，互相撞擊。

不過，這勢均力敵的對抗並沒有持續太久。因為阿爾緹米希亞朝折紙的頭投擲手中的光劍。

「嘖……！」

折紙皺起眉頭，將身體向後仰閃避攻擊。不過，阿爾緹米希亞趁這一瞬間，一個轉身踏上〈恩赫里亞〉的槍柄，逃離折紙的包圍。

「呼……剛才真是好險啊。」

阿爾緹米希亞拉開與折紙的距離，操作隨意領域，將剛才投擲出去的劍收回手中，並且吐了一口氣。

「靈力與生成魔力的搭配嗎？真是有意思呢……不過，很可惜，我今天沒辦法跟妳玩太久，必須盡早決一勝——」

就在此時——

阿爾緹米希亞止住了話語。

折紙心想發生了什麼事，一瞬間露出警戒的表情，但是——循著她的視線望去，立刻便恍然大悟。

因為她看見〈蓋迪亞〉——艾蓮．梅瑟斯駕駛的空中艦艇正冒著黑煙，逐漸墜向地球。

「艾蓮！難不成〈蓋迪亞〉……！」

總是從容不迫的阿爾緹米希亞臉上第一次掠過慌亂的神色。折紙謹慎地將長槍的尖端指向她，微微開啟雙脣：

「——妳們輸了。乖乖死心吧。」

「…………」

阿爾緹米希亞沉默了一會兒後，瞪向折紙。

「……妳可別誤會了。艾蓮被打敗確實出乎我的意料，但這並不代表勝負已決。因為我們今天的目的是——」

「——」

「擊落精靈。」

「唔……〈滅絕天使〉！」

瞬間，折紙看見阿爾緹米希亞將視線移向右方，立刻對〈滅絕天使〉下達指示。

然而——為時已晚。從阿爾緹米希亞的裝備發射出的魔力砲穿過〈滅絕天使〉的攻擊，朝士道和六喰的方向延伸而去。

「啊，啊……」

視野閃爍。有種血液急速通過麻痺手腳的感覺。

六喰的心對環境劇烈的變化感到困惑，心亂如麻。

——「心亂如麻」。

沒錯。這個狀況才不正常。

已被〈封解主〉「封鎖」的六喰的心不可能感受到這種心情。

——啊啊，不對，正因為如此。難怪。六喰慢慢理解了。插進自己體內的鑰匙。〈封解主〉。士道。五河士道。【開】。打開了。心房。心鎖。長期封印的六喰的心。流動。流入。感情的洪流。許久不曾感受過的無形色彩。心房被強行打開的憤怒。對出乎意料的手段產生興趣。以及，對奮不顧身，為了六喰來到這種地方的士道——

「六喰！」

六喰對有如洪水決堤的豐富情感感到迷惘時，突然聽見這樣的聲音。

由於她的情感還沒有辦法完全與意識銜接，難以表示反應，但腦海深處能夠從雙眼看見的資訊推測出自己所處的狀況。

逼近而來的光線。筆直朝六喰射擊的光箭。

士道肯定是要她小心攻擊吧。不過；可是；然而。波濤洶湧的感情浪潮令她無法恣意地活動身體。片刻過後，六喰的身體就會被那道光線射穿了吧。

啊，好害怕。

——沒錯，「害怕」。

她怕痛；她怕死。久違的恐懼在六喰的心中逐漸擴大。

不過——

「唔……！」

下一瞬間，六喰感受到的恐懼被其他感情覆蓋。

因為士道緊抱住六喰，保護她不被逼近而來的光線攻擊。

「啊——」

「〈冰結傀儡〉……！」

隨著這聲吶喊，士道的背後形成冰盾。隨後，威力強大的魔力砲直接擊中那個冰盾。

「唔，啊……！」

只靠臨時製造出來的冰盾，似乎無法完全抵消魔力砲的威力。發出悶哼聲的同時，士道與被他緊抱的六喰兩人的身體被震飛。

緊接著，六喰感受到一股奇妙的感覺。

截至剛才為止，蔓延四周的溫暖氣溫突然消失，隨後開始被一股無形的力量拉扯。

沒花多少時間，六喰便察覺到那是地球引力所致。因為六喰與士道被光線擊飛後，脫離士道先前活動的奇妙領域。

這樣下去，兩人會衝進大氣層。六喰想利用〈封解主〉在空間開啟一扇「門扉」，逃到安全地帶。但是──身體就是沒辦法隨心所欲地行動。

「唔──〈颶風騎士(Raphael)〉！〈冰結傀儡〉！」

士道的嘴巴似乎唸唸有詞。接著，兩人的四周捲起旋風，產生冰牆。

「別擔心……六喰！我會……保護妳……！」

士道如此說完，用力緊抱住六喰的身體。怦通、怦通的心跳聲透過身體傳了過來。

「────」

在五顏六色的感情中，浮現出一種色彩。

不過，在六喰理解那代表什麼感情之前──

她與士道的身體就先被吸進藍色星球了。

第七章 敞開心房

——震耳欲聾的槍聲和搖晃大地的爆炸聲此起彼落，響徹四方。

毀滅的腳步聲；失陷的預兆；步向過去心血毀於一旦的終焉序曲。

〈拉塔托斯克〉總部基地如今陷入絕望的境地。

始作俑者是與〈拉塔托斯克〉同樣擁有超乎人類智慧與邏輯的神域技術——顯現裝置的DEM Industry人員。

當然，〈拉塔托斯克〉也不是毫無防備敞開大門。這座基地反倒可說是世上防衛體制數一數二嚴實的。

利用顯現裝置形成的對空防護牆，以及層層包圍的警戒網。重點還利用了隱形迷彩徹底隱藏所在地點。

重要據點最有效的防衛策略並非遭受任何攻擊也不動如山的城牆，也不是能反擊敵軍的武力——而是不暴露所在地點——艾略特·伍德曼如此認為。

〈拉塔托斯克〉是祕密組織，其目的既非保護國土也非顯示力量來鎮壓敵人。因此，不需要像領主的城堡或國防總省那樣象徵性地存在。不，說得更正確一點的話，引人注目反而是致命性的弱點。

所以〈拉塔托斯克〉也只有少部分的機構人員知道這座基地的地點，能探訪這裡的只限同樣展開隱形迷彩的航空機。無論是哪一國的諜報機關，都不知道這個座標有如此大規模的設施吧。

照理說，〈拉塔托斯克〉的仇敵DEM Industry應該也不例外。

然而，「地點隱祕」這道絕對防護牆卻輕而易舉地被突破。

沒錯。全拜無所不知的魔王〈神蝕篇帙〉所賜。

「我方並非沒有警戒，只是沒想到會被襲擊得這麼慘烈。不愧是艾克啊。」

伍德曼微微聳了聳肩，如此低喃。

這名中年男子將花白的金髮紮成一束。即使陷入險境，他的言行舉止依然從容不迫。

不過，那也是理所當然的事。因為伍德曼是〈拉塔托斯克〉最高意思決定機關——圓桌會議的議長。換句話說，是組織實質上的領袖。那麼，無論發生什麼事，伍德曼都絕不能自亂陣腳。上級的焦躁容易傳播給下屬，令他們判斷失誤。伍德曼認為坐在領袖寶座之人到死臉上都必須帶著從容的微笑。

而實際上，伍德曼也早已預料到DEM Industry會襲擊此地。

既然他過去的盟友也是仇敵的艾薩克．威斯考特得到無所不知的魔王，最想知道的資訊勢必是未封印的精靈所處地點，以及——叛徒伍德曼的所在處。
所以伍德曼才移動到這座〈拉塔托斯克〉擁有的設施中防衛體制最嚴實的基地。
「——笑話。艾薩克才沒有想那麼多。那個幼稚的小鬼，只是很想向你這個老朋友炫耀他新得到的玩具而已。」
一名站在伍德曼身邊的淡金色頭髮的女性語氣淡漠地如此說道。她的一雙美麗碧眼透過細框眼鏡的鏡片凝視著伍德曼。
嘉蓮．梅瑟斯。伍德曼的祕書，同時也是人類最強巫師艾蓮．梅瑟斯的親妹妹。她也和伍德曼一樣，曾是DEM的技師，所以對威斯考特的剖析也很一針見血。伍德曼不禁莞爾一笑。
「或許是吧。艾克從以前就是這樣。不過，就是這樣才恐怖。妳想想看，這就等於把一個好奇心旺盛的少年扔進一間設有許多核子彈發射按鈕的房間。」
「太恐怖、太瘋狂了。」
嘉蓮嘴上這麼說卻一臉淡然，將視線落在手持的小型終端機上。接著，她快速操作後，再次抬起頭。
「——找到逃脫路徑了。這邊請。」
「好。資料處理得怎麼樣了？」
「很順利。當然，如果被艾薩克的『玩具』偷看到，我也無可奈何。」

「沒關係。那我們走吧。也勸告機構人員前往避難。」

「是。」

嘉蓮輕輕點了點頭後，將手伸向桌板下方，按下隱藏在那裡的按鈕。於是，桌子後方的牆壁打開了一部分，出現緊急時刻使用的逃離電梯。

「失禮了。」

說完，嘉蓮握住伍德曼乘坐的輪椅把手，直接走向電梯裡。

兩人進入電梯後，電梯門同時關閉。嘉蓮操作設置在牆面的面板，電梯便發出低沉的驅動音朝地下移動。

不久，震動停止，和進來時相反的電梯門立刻開啟。前方出現一條一望無際的幽暗水泥路。

「直升機在出口等候。請您現在暫時忍耐一下。」

嘉蓮推著輪椅在通道上前行，一邊如此說道。

然而——不久後，四周迴蕩的嘉蓮的腳步聲以及輪椅的輪子聲戛然而止。

理由非常簡單。

因為通道的前方出現一道人影。

「——嗨，艾略特。好久沒直接跟你碰面了呢。」

一名身穿漆黑西裝的男子面帶微笑說道。

「…………」

接著，輪椅的把手傳來微微的震動，像是對這句話產生反應。看來就連平常泰然自若的嘉蓮也難以面不改色。當然，突然看見「他」出現在眼前，能把動搖之情克制到這種程度，嘉蓮可說是膽大如斗了。

「是啊……好久不見了呢，艾克。」

伍德曼呼喚站在前方的男子之名，瞇起雙眼。

男子擁有一頭黯淡舊金屬般的灰金色頭髮，以及如死水混濁的雙眸。如果聚集充滿這世界的汙穢，硬創造出人形，大概就是這個樣貌吧。即使知道自己無禮至極，還是不由得抱持這種冒犯的想法。這個男人——就是給人這種印象。

伍德曼退化的視力，即使透過眼鏡也只能看見對方模糊的身影。不過，他的嗓音、舉止以及散發出來的異樣氛圍都清清楚楚顯示他就是伍德曼過去志同道合的朋友。

「沒想到你竟然會在這條路上埋伏我啊。我還準備了幾條騙人的逃走路線，這也是你用〈神蝕篇帙〉的力量找到的嗎？」

伍德曼說完後，威斯考特開懷大笑地聳了聳肩。

「不是。很遺憾，〈神蝕篇帙〉被你家的精靈塗鴉了。我之所以會找到這裡，全憑我的直覺。只是覺得如果是你，一定會選擇這條路罷了。」

「原來如此。對手是舊識，果然難纏啊。」

伍德曼和威斯考特不約而同地輕輕竊笑。

「所以……你究竟有何貴幹？若是拜訪老友，你這門未免也敲得太粗暴了吧。」

「喔喔，抱歉啊。沒什麼要緊事，只是想把你和嘉蓮帶回DEM罷了。」

威斯考特像是閒話家常地如此說道。不對，搞不好對他來說，的確是閒話家常的程度沒錯，就算那意味著一個組織的瓦解。

伍德曼既不驚訝也不氣憤。只見他揚起嘴角。

「如果我拒絕，你會怎麼做？殺了我跟嘉蓮嗎？」

「怎麼會？如果真是這樣，我就不會撇下艾蓮，自己過來了。我想尊重你的決定，不會強迫你。但是，既然如此——」

威斯考特聳了聳肩後，倏地瞇起眼睛，向前伸出右手。

「〈神蝕篇帙〉。」

然後輕聲呼喚這個名字。於是下一瞬間，黑暗在他的手四周捲起旋渦，形成一本書。

「——可以陪我玩一下嗎？」

「唔……」

伍德曼看見出現在眼前極為不祥的瘴氣團塊，將手置於下巴撫摸著鬍鬚，發出輕聲低吟。

對手是魔王。如果可以，他不想與之為敵。
不過——在這種狀況下，也由不得他耍任性了吧。
「……真拿你沒辦法。你從以前就不是個聽話的男人。」
伍德曼輕聲嘆息，在手臂施力，慢慢從輪椅上站起來。
不過就在這時，有人從後方抓住他的肩膀。是嘉蓮。
「艾略特，不可以。」
「沒事的，嘉蓮。」
「可是……」
伍德曼露出溫柔的微笑，撥開嘉蓮的手後，步履蹣跚地走向前方。
「…………頂多，還剩兩次吧。」
然後用誰也聽不見的細小聲音如此呢喃，站在威斯考特的面前。
「好了……開始吧。仔細想想，這搞不好是我第一次像這樣面對你呢。」
「這是當然的啊，因為我很弱嘛。像這樣站在你面前，我就害怕得雙腿發抖呢，艾略特。」
威斯考特打趣地笑道。
伍德曼將嘴脣彎成新月的形狀回應他後，從胸口拿出一枚像是金色軍牌的東西。

◇

每個人到幾歲才開始懂事都各不相同，但若要說我記得最久遠的事情，是五歲時發生的事。

記得當時自己已是孤單一人。

並非觀念上的問題，也不是想討論「能理解自己的只有自己一人」這種哲學性的話題。只是單純地，在認識自己這個人時，就已經沒有理應存在的父母兄弟姊妹等家人。

當我知道世上有自己沒有的家人這種存在時是什麼感覺——老實說，我記不太清楚了。

說得更正確一點的話，是我難以重新用話語形容那是怎麼樣的感情。

當然，那絕對稱不上是舒服的感覺，但也跟單純感到悲哀或孤獨有些不一樣，因為那是失去原本就擁有的家人的人才會產生的感情。因為知道家人的溫暖，才會感到悲傷；因為原本並非孤身一人，才會感到寂寞。

可能是因為自己打從一開始就是一個人，才會連把那份感情定義為寂寞的資格都沒有。

這也是理所當然的事。有家人的孩子是「特別」的。因為自己不「特別」，所以也無可奈何。真要說的話，那應該是接近看破和空虛的感覺吧。

——不過，不知道經過了多久。

這樣的日子，在某天突然宣告終結。

自己第一次有了家人。

當然，自己和他們並沒有血緣關係。只是有一對想要孩子的夫妻非常喜歡我，提出想領養我的要求。

我不記得他們究竟是經由什麼樣的過程領養了我。不對，正確來說，是自己隱約聽到孤兒院的人說了些什麼話，但當時的我聽不太懂他說的是什麼意思。

不過，那種事情根本無關緊要。

自己，懂事以來就孤單一人的自己，第一次有了家人。

這個事實太過衝擊，令我恍神了一會兒。

父母，以及一名即將成為手足的女孩。

自己的──只屬於自己的家人。

領悟到這一點的瞬間，以及──

（你好。從今天開始，我們就是一家人了。）

聽到母親說出這句話的瞬間。

（──啊，啊，啊啊啊啊……）

眼淚決堤般滂沱流下。

有一種鮮豔的色彩在白黑世界中逐漸擴展開來的感覺。

愛自己的人。

自己可以去愛的人。

我發誓要一輩子愛這些人——父母和手足。

◇

「…………啊……」

士道發出細小的聲音，睜開雙眼。

「剛才的是……」

感覺作了一個奇妙的夢，既懷念又陌生……非常悲傷，卻溫暖的夢。

「嗯……」

在意識朦朧的狀態下，士道感覺臉上癢癢的，用手擦拭臉頰。

於是，他發現臉頰被淚水濡濕。明顯不是打呵欠會流出的量。看來自己似乎在睡覺時哭了。

「……怎麼會這樣啊？」

士道胡亂搔了搔劉海，環顧四周。不久後，模糊的視野漸漸變得清晰。

自己似乎躺在床上。冷冰冰的白色牆壁和天花板。這裡應該是〈佛拉克西納斯〉的醫務室。

士道慢吞吞地坐起身子，伸了一個大懶腰。僵硬的肌肉微微發疼，骨頭輕聲喀喀作響。

這時，房門突然開啟，琴里和其他精靈走了進來。

「打擾了……士道！」

「喔喔！你醒來了嗎？」

所有人驚訝得瞪大雙眼。士道面露苦笑朝向她們。

「是啊……剛剛醒來。」

士道苦笑著回答後，站在琴里後方的十香像是察覺到什麼事情，歪了歪頭。

「士道，你怎麼了？是在哭嗎？」

「啊，沒有啦……只是打了個呵欠。」

作夢大哭這種事有點令人難以啟齒，而且也不好意思讓大家擔心。士道如此判斷後，敷衍地輕聲笑道。

「…………」

大概是從士道的態度察覺到了什麼，只見琴里露出懷疑的表情……又立刻無奈地嘆了一口氣，轉身面向士道。

「算了。倒是你身體還好嗎？」

「咦？嗯……我沒事……」

士道看琴里一副憂心忡忡的樣子，正想歪頭表示疑惑——卻赫然屏住呼吸。

琴里說的話漸漸清楚地勾勒出士道腦海裡模糊的記憶輪廓。

對了。士道在失去意識前抱著六喰，在沒有任何裝備的保護下墜入了大氣層。就算有天使的治癒能力，琴里會擔心也是理所當然。

「六喰……六喰怎麼樣了？有沒有事？」

士道猛然撐起上半身，棉被因此掀開。

值得慶幸的是，由於〈冰結傀儡〉和〈颶風騎士〉的防護，以及〈灼爛殲鬼〉的治癒能力，士道的身體並沒有留下明顯的傷痕。不過，在墜落地面之前，他就已經失去了意識，因此無法確認六喰的安危。

於是，琴里面有難色地回答：

「——不知道。我們在找到你的時候就沒有看到六喰了。當然，也有可能是在空中分開的，我有吩咐人以墜落地點為中心，進行大範圍搜索，不過……」

「她該不會……」

士道露出不安的表情後，琴里便搖了搖頭像在表達「不會的」。

「雖然當時處於精神恍惚的狀態，但她畢竟是身穿靈裝的精靈。既然你平安無事地被發現，那麼她應該也不可能出什麼大事。大概是和你一起掉到地面後，先恢復意識，逃到某處了吧。這樣想比較合理。」

「這……這樣啊……」

聽完琴里的推斷後，士道鬆了一口氣。

「…………」

不過，他隨後又改變想法，抿起雙脣。六喰平安無事的消息確實令人開心，但讓她逃跑又不知她的下落便束手無策。

士道一語不發地將視線落在右手上，緊握拳頭，像在確認掌心上殘留的轉動鑰匙的觸感。

士道當時確實將冒牌的〈封解主〉插進六喰的胸口，開啟了她上鎖的心房。

不過，那終究只是起始點罷了。雖然打開了她的心房，但並不保證她對士道抱有好感。只是喚醒了六喰被封印的感情——最壞的情況，她甚至還有可能討厭士道。

而左右她好惡情感，重要的第一次接觸的瞬間，士道卻失去了意識。儘管無奈，士道還是忍不住懊悔地皺起臉孔。

「……各位，對不起。枉費妳們千方百計地幫我，結果我卻……」

士道說完後，精靈們驚訝得瞪大雙眼，猛力搖頭回答：

「你在說什麼啊？我們都知道你有多麼努力。」

「就……就是說啊。請不要說這種話。」

「你很沮喪耶～沒事吧？胸部給你揉？哎呀，我胸部沒大到可以讓人揉的地步呢～！啊哈哈！」

二亞說了讓人不知該做何反應的話，哈哈大笑。士道臉頰流下汗水，露出一抹苦笑。

「咦！可以揉嗎！哪來這麼好康的安慰方式啊，根本佛心來的！」

美九的反應倒是跟士道恰恰相反，只見她興奮地開始一開一合活動手指。不過，因為感覺快要離題了，琴里等人便跳出來阻止。

「美九，妳給我閉嘴。」

「討厭啦！真壞心！」

「唉……真是受不了。總之，垂頭喪氣也於事無補。再說了，並不是所有事情都徒勞無功吧？想要回報大家的心意，就先打起精神來吧。」

「嗯，好……說的也是。」

士道苦笑著點了點頭。琴里說的沒錯。不能說懊悔過去毫無意義，但是不從中記取教訓，邁步向前的話，就只是停滯不前罷了。

為了相信自己而將自己送上外太空的大家，士道不能停下腳步——

「——啊。」

想到這裡，士道突然記起一件事，發出聲音。

「怎麼了，士道，有什麼事嗎？」

「對了，琴里。〈拉塔托斯克〉的基地現在狀況如何……？」

士道緊握拳頭，如此詢問。沒錯，在士道等人前往外太空的前一刻，容納〈佛拉克西納斯〉的〈拉塔托斯克〉基地受到DEM Industry襲擊。

聽見士道說的話，琴里輕聲嘆了一口氣，回答：

「……我不敢說沒事，損害絕對不小。看來只能放棄那座基地了吧。」

「怎……怎麼這樣……那伍德曼先生和嘉蓮小姐呢……？」

「…………」

士道露出戰慄的神色說完，琴里便沉默不語地摸索外套口袋，拿出小型終端機，將螢幕朝向士道。

「咦……？」

士道不明白琴里的用意而感到困惑時，數秒後，終端機的螢幕顯示出伍德曼的臉。

「！伍德曼先生！」

『——喔喔，士道。你身體還好嗎？我聽說你在沒有任何裝備的保護下，衝進了大氣層。』

「嗯，是啊……還好沒什麼大礙。倒是伍德曼先生您……」

『總算是平安無事。不好意思讓你擔心了——唔！』

通訊到一半，伍德曼發出痛苦的聲音。士道抖了一下肩膀。

「伍……伍德曼先生？」

『差點被斷一隻手一隻腳的人，哪裡沒事了啊？只能用滿身瘡痍來形容。』

緊接著傳來的並非伍德曼的聲音，而是一道銀鈴般的女性聲音。是嘉蓮。

她的聲音依舊毫無抑揚頓挫，但不知為何總覺得聽起來帶有怒氣。

『請快點使用醫療用顯現裝置。暫時安靜修養。』

伍德曼苦笑著望向士道。

『抱歉。我本來想多跟你聊一下的，但嘉蓮在催我了。』

「不……不會，沒關係……只是，斷一隻手一隻腳是……」

『艾略特。』

『我知道、我知道了啦，別拉我，嘉蓮。』

伍德曼的身影從螢幕上消失後立刻斷訊。琴里聳了聳肩，收起終端機。

「——就是這樣。他們好像成功脫逃了。」

「嗯，是啊……不過，我好像聽到什麼可怕的事情就是了。」

「我也非常在意……但他總是顧左右而言他，不肯告訴我發生了什麼事。」

琴里嘆了一口氣，像是要轉換心情般盤起胳膊。

「總之，士道你就好好休息吧。我們會負責尋找六喰。萬一找到她的時候你卻動彈不得，那也沒什麼好說的了。」

「嗯，我知道了……不過，六喰到底跑到哪裡去了呢？」

「我要是知道，還用得著那麼辛苦地找她嗎？只要她使用〈封解主〉，哪裡都能去吧。有可能再次逃到空無一人的外太空，也搞不好其實就在附近——」

琴里說到這裡，止住了話語。

她露出一副啞然無言的樣子，一雙眼睛瞪得老大，凝視著士道。

「咦？幹……幹嘛啦，琴里？怎麼了……——！」

士道納悶地歪著頭，話說到一半——便和數秒前的琴里一樣中斷了聲音。不對，說得更正確一點，是驚愕得屏住了呼吸，不得不停止說話。

不過，那也是理所當然。因為有兩隻手突然從後方伸出來，隨後緊緊摟住士道的肩膀。

面對突如其來的事態，士道僵住身體，轉動脖子望向後方。

「咦……？」

接著，士道看見後方的少女長相後，呆愣得瞪大雙眼。

「——哦，看來你清醒過來了嘛。」

少女如此說道，莞爾一笑。從金色長髮的縫隙間露出同樣閃耀著黃金光芒的雙眸，笑咪咪地瞇成一條線。

士道瞬間腦袋一片混亂。

但那並不是因為少女毫無預警地出現在他眼前，而是因為他無法將少女與她現在臉上浮現的開心表情連結在一起。

然而，現在出現在他面前的無庸置疑是——

「六……六喰……！」

沒錯。士道在宇宙面對的精靈——星宮六喰，從虛空中不知何時開啟的「門扉」探出身子，環抱士道的肩膀。

「什麼……！」

「為……為什麼六喰會在這裡……！」

「慌亂。這是怎麼回事？」

精靈們也緊接在士道後頭發出驚愕的聲音。六喰發出「哦？」的聲音，同時瞥了一眼其他精靈，又立刻轉開視線，用指尖在士道的臉頰上畫圈圈。

「竟敢讓妾身等候，真是個可恨的男人呀。也罷，我就原諒你吧。因為我現在莫名開心。」

「喔……咦……什麼……？」

「為何一臉狐疑？呵呵，真是可愛。」

「……！」

六喰發出甜美的聲音如此說道，並且戳了戳士道的鼻子。士道慌亂得眼珠子直打轉。

這也難怪。畢竟對方是曾經毫不留情地對士道降下隕石之雨的精靈，說是態度軟化……則形容得太客氣了，不如說判若兩人還比較有說服力。十香和琴里等人也因為六喰一百八十度的大轉變而露出啞然無言的表情。

「啊——」

不過，士道抽動了一下眉毛，因為他大致猜想得到六喰變化的原因。

「難不成，是因為打開心鎖嗎……？」

「……！」

聽見士道說的話，精靈們也紛紛恍然大悟般瞪大雙眼。

沒錯。若說在外太空見到她的時候和現在有何差異，就只差在士道打開了她的心鎖這一點。

這名少女明顯和士道記憶中的精靈截然不同，表情變化多端。這代表鎖上心房前的六喰原本是這樣的個性嗎？

……不對，就算是這樣，現在她對士道的態度未免太親密了。士道臉頰流下汗水，問道：

「六……六喰……？妳為什麼對我那麼友善、親切啊？呃，也不是說不行啦，我反而求之不得……」

「哦？」

六喰一臉納悶地瞪大雙眼，片刻過後如此回答：

「用盡千方百計，只為打開吾之心鎖。我因此深受感動，何以為奇？真要出此言的話，妾身可是還認識一個一見面就宣稱要拯救我，讓我幸福的無禮男子呢。」

「唔唔……」

聽她這麼一說，還真有道理。

士道在決定拯救精靈之前也經歷過各式各樣的糾結與苦惱。但是從六喰的角度看來，大概只覺得他是一個突然出現，大喊我愛妳的搭訕男吧。

「對不住、對不住，因為你太可愛了，我忍不住調侃你一番。」

就在士道感到不知所措的時候，六喰愉快地哈哈笑道：

「妾身所言不假。在敞開心房的瞬間，郎君過去告訴我的話，想方設法幫助我一事，都令我感動萬分。此話為真……不過，讓我喜歡你的主要原因在於……讓我想想——」

六喰轉動著手指思考後，猛然豎直手指。

「——我也說不上來。」

「……喂、喂。」

聽見六喰的回答，士道語帶嘆息地回應。不過，六喰一本正經地繼續說道：
「所謂的好惡，說到底不就是如此嗎？我也說不上來，總覺得──你和我很相似。」
「很相似……？」
聽見這奇妙的形容，士道歪了歪頭。不過，正所謂物以類聚，會喜歡和自己感覺、喜好相近的人一點兒都不奇怪。但士道究竟是哪一點讓六喰感到親近呢？
就在士道思考著這種事情的時候，六喰露出天真無邪的笑容，接著說：
「也罷。倒是郎君，我要你履行你的諾言。」
「諾言？」
「正是。你曾言要讓我幸福，要讓我成為你的性奴隸……不過，我不太明白何謂性奴隸，可否詳細解釋給我聽呢？」
六喰露出一副清澈純真的表情說出這種話。精靈們聽見這句話後，疑惑地皺起眉頭。
「什麼……！」
「士道，她說的是真的嗎？」
「那……那個……」
「嗚哇……好噁心……」
「不……不是啦！這是誤會……好像也不能這麼說，但這是有原因的……」

「等一下。可以打擾一下嗎，六喰？」

正當士道打算解釋的時候，站在前方的琴里突然打斷他。六喰露出納悶的表情，望向琴里。

「……哦？妳是哪位啊？」

「妳好，我是士道的妹妹，琴里。」

「哦……？那麼，妹妹妳有何貴幹？」

「士道現在身體不舒服，抱著妳墜落地面時受的傷還沒完全康復。當然，士道並沒有說謊……姑且不論性奴隸這個部分。我相信士道一定會拯救妳。不過，妳就再等一下……我看，就等到明天吧。」

「唔嗯。」

琴里說完，六喰發出輕聲低吟。

然後搓著下巴，有些開心地微微一笑。

「原來如此啊，是為了救我才受傷的啊。沒辦法，那我就等等吧。明天是嗎？」

「！對，謝謝妳。太感激了。如果妳不介意，也在這裡休息到明天——」

「不必。」

六喰張開手掌打斷琴里。

於是下一瞬間，六喰鬆開環抱住士道肩膀的手，慢慢抬起探向前方的上半身。

「——既然如此，我明白了。我很期待明天喔，郎君。」

她如此說完笑著揮了揮手，回到虛空中開啟的「門扉」中。當她端正姿勢的那一瞬間，「門扉」捲起漩渦，開始收縮，最後只看見和周圍相同的醫務室牆面。

「…………」

醫務室流淌著沉默的空氣，片刻後，二亞像是忍受不了這股緊張的氣氛，「噗哈！」地吐了一口氣。

「嚇我一跳！那就是傳說中的小六嗎？個性跟我聽到的未免差太多了吧！」

二亞發出高八度的聲音如此吶喊。於是，其他精靈也解除緊張的狀態，鬆了一口氣。

「驚愕。二亞說的沒錯。在夕弦的想像中，應該是更冷漠無情的精靈。還有，士道，性奴隸到底是怎麼一回事？」

「是因為士道打開了她的心房……嗎？我很……在意。」

「嗯，不過她很可愛呢。身材嬌小卻凹凸有致。達令也真有眼光～～」

「……美九，妳很噁心耶。士道更加噁心。」

「不是啦，那是出現在選項裡的其中一個答案……」

所有人對士道投以輕蔑的白眼。士道無力地吐了一口氣，觸碰仍微微殘留六喰體溫的肩膀，望向琴里。

「——琴里。」

「我知道。抱歉，擅自決定攻陷她的日期。之前為配合〈佛拉克西納斯〉的改良，所以製造了新的醫療艙，你今天就在那裡休息吧。」

「新設備？跟以前的有什麼不同？」

「你看了就知道。效果我拍胸脯保證。明天前把身體養好吧。」

琴里交抱雙臂如此說道。士道點頭回應，接著說：

「嗯，我知道了。謝謝妳，琴里。」

「啥？我……我有什麼好謝的？」

「咦？因為妳顧慮到我的身體，給了我一個晚上的時間吧？」

「什麼……！」

士道說完，琴里瞬間滿臉通紅。

「你……你在說什麼啊？當然是因為我這邊還沒調整好支援狀態啊！」

琴里慌慌張張地用力搖頭。耶俱矢和二亞見狀，露出戲謔的微笑。

「哇喔～」

「妹妹果然是典型的傲嬌呢喵。」

「總……總之！決戰就定在明天！把你的身體狀態調整到萬無一失！」

琴里猛然指向士道，如此大喊後，就這麼離開了醫務室。

士道目送琴里的背影，輕聲苦笑。

「哈哈……總之，就讓我試試妳那引以為傲的醫療設備吧……對了，妳沒告訴我在哪裡就走掉了耶。」

士道搔了搔臉頰後，美九捶了一下手心。

「啊——那個設施我們也有使用過，人家帶你去吧～」

「嗯，是嗎？那就麻煩妳嘍。」

「沒問題，交給人家吧～呵呵呵……」

「……？」

不知為何，美九一臉開心地莞爾一笑。士道納悶地歪了頭。

「……啊啊……」

經過三十分鐘後。

士道在寬敞的浴池中將身體浸泡在溫暖的熱水裡。

沒錯。美九一行人帶士道過來的，竟是一座巨大的浴池。

據說是利用顯現裝置讓液體帶有魔力，只要正常地泡澡就能產生療效。效能包括治癒刀傷、撞傷、疲勞及身體不適等，感覺就像角色扮演遊戲會出現的只要浸泡就能恢復ＨＰ的溫泉。

老實說，顯然比躺在醫療艙還要舒服多了。士道舀起乳白色的熱水淋向肩膀，再次吐了一大口氣。

「原來如此……這真的很棒呢。也難怪琴里會想賣關子。」

士道輕聲笑道，再次伸了一個懶腰，透過瀰漫的水蒸氣仰望天花板。

「明天啊……」

然後小聲地自言自語。

雖然有過好幾次經驗，但跟精靈約會之前，士道還是會緊張。主要是出自不知道會發生什麼危險的憂慮，以及──究竟要怎麼做才能讓對方敞開心胸的不安。

打開心鎖後的六喰確實變得非常友善，但並不代表能順利地封印她的靈力。倘若她真的是個率直、黏人，沒有任何問題的女孩，又怎麼會用天使封鎖自己的心房？

「……現在胡思亂想也沒有用。」

士道下意識地用雙手舀起熱水洗臉，想放鬆僵硬的表情。

並不是說意像訓練毫無意義，只是現在士道應該做的就是聽琴里的話，為了明天調整好身體狀態。要是身體康復，卻因為壓力和緊張而輾轉難眠導致狀態極差，那就完蛋了。

總之，現在就別胡思亂想，專心享受療效一流的熱水澡吧。士道如此決定後，將嘴巴浸泡在熱水中吹氣，在水面上製造出氣泡，企圖提高一點身體復原的效率。

就在此時——

「……嗯？」

士道皺起眉頭。因為有其他不是自己嘴裡吹出的微小氣泡「啵啵啵」地浮出水面。

……仔細一看，能夠隱約看見乳白色的熱水中有一道人影，簡直就像潛在水中瞄準獵物的鱷魚。

「…………」

士道露出疑惑的表情後，那道人影的主人猛然衝出水面，出現在士道眼前。

「——士道。」

「嗚哇！」

事發突然，士道大吃一驚，頭撞到浴池的邊緣。於是，現身在眼前的人影主人面無表情地朝他伸出手。

「你沒事吧，士道？」

「…………折紙。」

士道用雙手摀住眼睛，呼喚那名少女的名字。

理由很單純。因為出現在士道眼前的折紙身上除了水滴之外，一絲不掛。

「……我姑且問一下，妳為什麼會在這裡？」

「我想幫你洗背。」

「所以就潛進浴池裡嗎？」

「對。」

「全裸？」

「這是大眾浴池該有的禮儀。」

「……討論這一點之前，話說，我進來浴池已經有十分鐘了耶……」

「士道泡在浴池之後，水中才會產生士道素。」

「士道素！」

士道聽見這聽都沒聽過的元素名，發出高八度的聲音複述。於是，折紙撥開水，來到士道的身邊。

「士道，你受了傷，應該不方便洗澡。我來幫你吧。」

「不……不用了！我自己會洗！話說，我在泡浴池之前就已經洗好了！」

「還沒洗乾淨。證據就是，士道的體味還很重。」

「能聞到我體味的，頂多只有妳、十香，或是軍犬而已！」

士道發出慘叫聲，但是折紙不予理會。她一把抓住士道摀住雙眼的手。

「哇……！」

一瞬間，折紙白皙的肌膚映入視網膜，士道連忙閉上眼睛。

士道也是個健全的男高中生，說不想看折紙這種貌美如花的少女裸體是騙人的。只是，該怎麼說呢？就像是踏進地雷區或是接近食蟲植物一樣，士道強烈感覺要是一時鬼迷心竅對她出手，倒大楣的會是自己。

然而，折紙不在乎士道的憂慮，加強手臂的力量。

「交給我。我會將你全身上下都舔……清洗乾淨。」

「妳剛才說了舔吧！」

「少囉嗦，交給我。」

「呀——————！」

折紙扳開士道的雙手，吸血鬼般舔了一下士道的後頸。士道不禁發出慘叫。

不過，下一瞬間——

「達令——！人家來幫你洗背了～～～～！」

浴室的門大力敞開後，美九立刻一絲不掛地跳進浴池。

「……！」

「嗚哇噗！美……美九！」

士道大喊完，美九便像拍洗髮精廣告一樣將濕潤的頭髮向後甩，噴濺出閃閃發光的水珠，大方展露她火辣的身材，微笑道：

「是的～～讓你久等了。你的美九來了！啊啊啊啊！竟然連折紙都在！享齊人之福啊！」

美九發現折紙後，扭動身軀，慢慢接近她。折紙一語不發，一臉遺憾地皺起眉頭。

結果，緊接在美九之後，浴室又進來了一群人。沒錯，是其他精靈。

她們各自有各自的入浴打扮，有人開心；有人害羞地走向士道三人。

「士道！你身體還好嗎！我來幫你了！」

「呵呵，汝有好好享受治癒之泉嗎？本宮也來陪汝吧。」

「翻譯。因為美九說要來幫士道洗背，耶俱矢只好強忍著害羞跟著過來。」

「我什麼時候這樣說了啊！而且，我們有一起泡過澡好嗎！」

十香、耶俱矢、夕弦三人身上只圍著一條浴巾，平常隱藏在衣服下的曲線畢露，讓人眼睛不知道該看哪裡。

感覺比平常更容易分辨出誰是耶俱矢，誰是夕弦。不過，要是說出這種話，自己恐怕會有生命危險，因此士道決定埋藏在心底。這就是所謂言語的力量吧。

「真是吵鬧耶……不要忘記，讓士道康復才是第一要務，知道嗎！」

「……話說，為什麼也帶我來這裡啊？明顯不需要這麼多人吧。」

「啊哈哈……可是，大家一起泡澡一定很好玩。」

「就是說呀～～跟四糸乃一起洗澡不是很好嗎，七罪？」

「洗澡……！怎……怎麼可以，太惶恐了……」

緊接著出現的是身穿各式各樣泳裝的琴里、七罪、四糸乃與手偶「四糸奈」。琴里穿的是紅色比基尼，四糸乃與「四糸奈」穿的是同款的藍色連身泳衣，而七罪則是穿著類似囚衣的橫條紋泳衣。

「哎呀～～這麼多美少女聚集在一起，還真是壯觀呢。嘿嘿嘿，令人血脈賁張啊。」

最後出現的是毫不害臊地大方秀出裸體的二亞。她的言行舉止和表現出來的態度，要說是少女還是大叔，感覺後者略勝一籌。

「嘿咻。」

二亞用手中的毛巾「啪」地拍打了一下屁股。大叔指數破表。

「妳……妳們，怎麼會來這裡……」

士道驚愕得瞪大雙眼說完，旁邊伸出一隻手，下一瞬間，感覺又大又柔軟的東西緊貼住他的後背。

「嗚哇！」

「呵呵呵，剛才不是說了嗎？大家是來幫達令你洗背的～～」

美九發出性感的聲音在士道的耳邊低喃。士道的臉頰流下一道汗水。

「不，不用了，洗背這種小事，我自己來就好……」

「討厭啦，達令真是壞、心、眼。人家會好好用人體海綿幫你清洗身體的～～」

「哇……！等一下……！」

美九露出不懷好意的微笑，慢慢逼近士道。於是，其他精靈也走向士道，打算阻止美九。

「喂、喂，美九，妳在幹什麼啊！」

「士道！你沒事吧！我現在就幫你洗身體！」

「登愣登愣！本条二亞，參戰！」

「喂，怎麼連妳們也來參一腳啊……呀……呀啊啊啊啊啊啊！」

——士道對當時的事情沒有什麼印象，但從那天起的一段時間，他看見洗衣機裡皺成一團的衣服，手腳就會不停顫抖。他對這不可思議的現象感到煩惱。

◇

「——艾克在哪裡！」

艾蓮一踏進DEM Industry總公司，便不顧他人眼光，大聲嚷嚷。

「梅……梅瑟斯執行部長……？您那身傷是怎麼回事——」

大廳櫃檯人員一雙眼睛瞪得老大，如此問道。艾蓮一臉不悅地咂了咂嘴後，一把抓住櫃檯人員的領帶。

「什麼時候輪到你操心我的身體了？回答我，艾克在哪裡？」

「噫……威……威斯考特先生剛才回來了……現在恐怕在醫務室……」

「是嗎？」

艾蓮從鼻間哼了一聲後，腳步沉重地橫越大廳。

或許是聽到這場騷動，有幾名社員對這邊投以疑惑的眼光……但大概發現聲音的主人是第二執行部部長艾蓮・梅瑟斯，所有人不自然地別開目光。

不過，現在的艾蓮並沒有心思去注意到這些細微末節的小事。

外太空一戰，因輕敵而吃了敗仗，駕駛半毀的〈蓋迪亞〉返回地面後，大約過了三個小時。艾蓮的心中五味雜陳，心亂如麻。

對第一次讓自己在艦戰上吃敗仗的〈佛拉克西納斯〉產生的敵意和殺意、對自己輕敵而感到的後悔，以及——

「竟然瞞著我襲擊〈拉塔托斯克〉……到底是什麼意思——艾克！」

——對同伴艾薩克・威斯考特的——憤怒。

各種情緒交織在一起，令艾蓮半失去理智——甚至不治療傷勢，只用隨意領域減低出血和疼痛，返回DEM總公司。

「艾蓮！」

就在艾蓮氣勢洶洶地在走廊上前進時，後方傳來一道女人的聲音。

在DEM會直接叫艾蓮名字的人寥寥無幾。艾蓮頭也不回地呼喚聲音主人的名字。

「……阿爾緹米希亞。」

「總算找到妳了。我去機庫找妳，他們說妳去總公司了，嚇我一跳。妳身體還好嗎？」

金髮碧眼的少女三步併作兩步追了上來。艾蓮瞥了她一眼後，一臉不悅地皺起眉頭。

「別管我。還是說，妳是來嘲笑我的？」

「又說這種話……啊，妳果然受傷了。來，讓我看看。」

「……！」

艾蓮不耐煩地揮開阿爾緹米希亞的手，加快腳步，打開醫務室的門。

「艾克！」

然後一踏進房間就大喊。房內的醫療人員大吃一驚，望向艾蓮。

而其中一名——

「——哎呀，艾蓮，妳回來得真早。阿爾緹米希亞也辛苦了。妳們兩人這次似乎難得地陷入苦戰呢。」

就是艾薩克．威斯考特。他一如往常，語氣輕鬆地朝兩人揮了揮手。

「……關於這一點，是我輕敵了，你可以盡量追究我的責任沒關係。但是艾克，你也必須給我一個合理的解釋。為什麼瞞著我去找艾略特——」

艾蓮一邊責問威斯考特，一邊走近他。

不過，中途話語和腳步都停了下來。

理由很單純。因為威斯考特揮向她的手臂徹底斷了一半。

「什……艾克，這是怎麼回事？」

「嗯？喔喔。」

威斯考特聽見艾蓮的發問才終於察覺似的，將視線落在顯露出肌肉與骨頭的手臂上。

「被擺了一道。所幸，被砍斷的另一半手臂帶回來了，切面也很平整。只要使用醫療用顯現裝置，明天就能完美地接回去了吧。」

「威……威斯考特先生……！」

疑似治療威斯考特的醫療人員慌張地大叫出聲。也難怪他會有這樣的反應，畢竟治療中的患者突然揮舞被切斷的手臂，要他不驚慌失措才是強人所難吧。

「喔喔，抱歉。」

不過，威斯考特像是一點也不覺得疼痛地說完，便將舉起的手臂放回醫療人員的手邊。

「現在立刻進行再生治療。可以嗎？」

「麻煩你了。事情就是這樣，艾蓮。抱歉，有什麼話之後再說可以嗎？我看妳也受傷了，讓醫療人員幫妳治療吧。」

「！啊，艾克……！」

艾蓮呼喚他的名字試圖挽留他，但他並未停下腳步，只留下這句話便進入治療室。

威斯考特的背影隱沒在白色的自動門後。艾蓮怔怔地瞪大雙眼，片刻之後，她的表情透露出強烈的憤怒，將伸向前的手緊握成拳頭。

「那……那個，梅瑟斯執行部長……？方便給我看看您的傷勢嗎——」

留在現場的一名醫療人員戰戰兢兢地詢問。

想必他的話中並沒有包含其他意思，無非是想要執行威斯考特的指示，或是單純擔心艾蓮的身體。

不過，現在艾蓮的內心就像是快要超出表面張力的水面，要不然就是一觸即發的三碘化氮，受到一點刺激就會火冒三丈，失去理智地將緊握的拳頭用力捶向牆壁。

「……啊啊！」

發出「砰！」的巨大聲音後，醫務室同時陷入一陣沉默。

……想也知道，打破沉默的是數秒後按著拳頭當場蹲下的艾蓮發出的呻吟聲。

◇

——自己被現在的家庭領養後……

忘了有多久，記得有一段時間一直在調適自己內心的感情。

被生母拋棄的事實足以讓我認為自己毫無價值。而因此看破的心態，也是守護自己的心免於崩潰的防波堤。

因為自己毫無價值，這也是無可奈何的事情。

因為自己不被需要，這也是無法改變的事實。

我一直反覆這麼告訴自己來淡化對其他人的羨慕和嫉妒。

然而，某天突然出現的新父母與姊姊卻說他們需要我。

所以，我感到既吃驚又困惑。

這也難怪。畢竟有人突然需要原本理應毫無價值的自己。

一開始，我心有疑慮。認為他們嘴上這麼說，最後還不是會拋棄自己。
不過，隨著時光的流逝，發現這麼想的只有自己一人。
但在漸漸理解這件事後，卻感覺自己和家人之間有著微妙的距離感，關係有些彆扭。
具體來說……就是錯過了叫父親「爸爸」，叫母親「媽媽」的時間點。
——好像是在五月吧。母親節的時候。
我握著無處可花的零用錢，一個人前往車站前的花店買了康乃馨。
然後在當天晚上吃完晚餐後，把花送給媽媽，忸忸怩怩地說出：「謝謝妳，媽媽。」
母親愣了一會兒，不久後眼眶泛淚，溫柔地緊抱住我。
觸感非常柔軟、溫暖、溫和。
回過神來，發現自己眼淚早已撲簌簌地流下。
察覺這件事的父親面帶微笑，輕輕地撫摸我的頭。
結果，看見我和母親正在哭泣的妹妹突然衝過來說：「媽媽、哥哥，不可以哭！」令我哭笑不得——最後臉頰殘留著淚痕，露出笑容。

◇

「——你準備好了吧，士道？」

「…………」

「士道？你有在聽嗎？」

「……！啊，啊啊，抱歉。我當然準備好了。」

隔天。琴里在〈佛拉克西納斯〉的艦橋呼喚士道，士道這才回過神來，抬起頭。

琴里不耐地翻了個白眼，嘆了一口氣。

「我說你啊……給我振作一點。你知道今天的對手是誰嗎？」

「唔……抱歉。」

士道一臉歉意地低下頭。於是，琴里有些不安地皺起眉頭。

「……你的體力，該不會還沒完全復原吧？」

「啊，沒這回事，我身體沒問題。」

看來讓琴里擔心了。士道大大地揮動手臂表示他的身體很健康。

由於當時場面有些混亂，導致入浴後的記憶有點模糊，但浴池的療效的確非常見效。現在士道的狀態反而比平常還要好。

「只是……作了一個奇怪的夢。」

「夢？什麼夢？」

「嗯……有點久遠，又接近現在的夢……」

「……聽不懂。」

琴里露出困惑的表情回答。不過，這也難怪。因為連士道自己都聽不懂自己在說些什麼。

「……總……總之，沒問題。一切準備就緒。」

士道說完，拍了一下胸脯。琴里對他投以有些懷疑的目光，但隨後便無奈地聳了聳肩。

「你說沒問題就沒問題吧。對方是星宮六喰，雖然因為打開心鎖而態度軟化，但仍是不知葫蘆裡賣什麼藥的精靈喔，千萬不要疏忽大意。」

「嗯──我知道了。」

士道一本正經地點頭回應。那是當然。畢竟士道有好幾次都差點死在六喰的手上，多警戒和注意總是好的。

不過，現在士道心中並非充斥著不安和恐懼。

沒錯。士道終於能夠和打開心房的六喰交談了。

第一次透過立體影像和六喰見面時，她嚴厲地拒絕了士道。不需要封印，也不需要朋友，自己只要心如止水地存在於此就好。

聽見如此冷漠的話語，士道因此自我懷疑，認為既然本人希望如此，自己硬是逼迫對方接受自己的好意，是否過於多管閒事。

不過，如果沒封鎖心房的真正的六喰其實是希望和其他人交流——

「我一定會讓六喰對我產生好感。」

沒錯。這就是士道的願望。

如今士道已不再迷惘。他緊握住拳頭，下定決心。

而琴里、神無月，以及〈佛拉克西納斯〉的眾船員也點頭回應他。

心意已決，支援方面也準備完畢，可以說是處於最適合對精靈展開攻勢的狀態。

若要說有什麼問題……倒是有一個。

「……琴里，我問妳喔。」

「幹嘛？」

「我要去哪裡才能見到六喰啊？」

「…………」

士道說完後，琴里皺起眉頭，無言以對。

不過，這也是無可奈何的事。六喰昨天和士道約定好後便消失在虛空中，沒有指定詳細的時間和碰面的地點。

只留下「明天約會吧！」，之後便無消無息。士道面有難色地伸手扶額。如此一來，決心再

怎麼堅定也毫無意義。

「該……該不會被她巧妙地逃跑了吧……？」

坐在艦橋下方的船員〈詛咒娃娃〉椎崎搔著臉頰說道。於是，分析官村雨令音閉起她惺忪的雙眸，慢慢搖了搖頭否定：

「……不會，如果是那樣，她昨天就不會出現在小士你們的面前了。應該會用某種方式來跟我們接觸。比如說，又在小士背後的空間開啟『門扉』——」

然後——

就在令音如此說道的瞬間，士道背後的開闊空間突然捲起漩渦，扭曲歪斜，隨後一道黑色的「門扉」張開大口。

「咦？」

「這……這是……！」

面對突如其來的事態，琴里和船員們大吃一驚，雙眼圓睜地大喊。

然而，其中卻不見士道發出驚愕聲。不對——正確來說，由於「門扉」是在士道背後產生的，因此他慢了一拍才察覺到異常事態。

「咦——」

而士道在表現出反應之前就先被從中伸出的纖細手臂抓住肩膀，一把拖進「門扉」中。

「嗚……嗚哇啊啊啊！」

「士道！」

琴里的叫聲殘留在耳邊，視野陷入一片漆黑。

轉眼間，擴展在士道眼前的是一片一望無際的藍天，以及——

「——呵呵，時間到了喔，郎君。」

蹲在士道身旁俯視他的星宮六喰的身影。

「六……六喰……？」

士道目瞪口呆地呼喚她的名字。於是，六喰面帶微笑回答：

「嗯。喚妾身所為何事？」

「沒事，這裡是……？」

士道一邊說一邊慢慢坐起身，移動視線觀察四周。

「……什麼！」

然後，不禁屏住呼吸。

不過，這也是理所當然的事。因為士道剛才躺著的地方是柏油路上——

「……咦，那兩個人是怎樣……」

「那是在幹嘛……角色扮演嗎？」

「話說，剛剛那邊是不是開了一個洞啊？」

「媽媽，那個哥哥為什麼躺在路上？」

人聲鼎沸，人來人往的大街。

熟悉的街景。是士道偶爾也會路過的天宮市一角。

「……！糟了……！」

士道屏住了呼吸。精靈是不為人知的存在，更不希望讓一般市民得知精靈的力量。重點是，要是行為舉止過於引人注目，可能會被陸自ＡＳＴ或是DEM Industry發現。士道連忙當場跳起，拉住六喰的手。

「！六……六喰，我們走！」

「前去何處？」

「總……總之，先到沒有人的地方去！」

「嗯。」

六喰微微點了點頭回應後，打算舉起手中鑰匙形狀的巨大錫杖〈封解主〉。

「等……等一下！妳想幹嘛？」

「唔？你是否欲前往無人之場所？那麼就使用〈封解主〉。」

「不行！總……總之，先往這裡走！」

「喔喔，如此霸道。」

士道拉起六喰的手走向巷弄中。六喰並沒有抵抗，只是笑嘻嘻地跟隨士道。

四周的路人們一開始狐疑地望向士道兩人，但立刻便失去興趣，繼續做自己的事。看見奇怪的事物多少會引發好奇心，但並不會想深入了解或有所牽扯吧。士道由衷感謝都市人的冷漠。

「呼……來到這裡就沒問題了吧。」

士道來到四下無人的小巷裡，終於鬆了一口氣。

與此同時，右耳發出沙沙的雜訊聲，傳來位於〈佛拉克西納斯〉的琴里的聲音。

『啊啊，接通了……！士道，你沒事吧？』

「！嗯，算是……平安無事。」

士道壓低聲音避免讓六喰聽見，小心地回應。沒錯，為防六喰突然出現，士道事先戴上了通訊用的耳麥。

『沒想到她會突然把你拉走……真是出其不意啊。不過，還好有事先戴上耳麥，移動的地方也在附近，真是太好了。要是你被帶到地球的另一側，也難以發送自動感應攝影機。』

琴里如此說道，語氣中透露出安心的情緒。士道聽完後無力地苦笑。琴里說的沒錯，要是六喰一時興起，士道有可能被帶到更荒唐的地方。雖然稍微嚇了一跳，不過被帶到的地方是大街上或許還算好的。

『另外，有個好消息。我立刻調查了六喰對你的好感度——和以前完全零好感，數值一動也不動的情況不同，一直不停產生微微的變動。』

「！那是指……」

『沒錯。你果然成功打開了她的心鎖。照這樣順利提升上去，很快就可以達到封印靈力的數值了。』

「是嗎——太好了。」

在士道正與琴里交談的時候，六喰一臉納悶地探頭窺視士道的臉。

「——方才起，你一人在自言自語些什麼？」

「哇！啊，啊啊……抱歉。」

士道抖了一下肩膀，面向六喰。六喰滿足地點了點頭，繼續說道：

「所以，你要如何讓妾身幸福？」

「這個嘛……有許多方法啦……」

「那麼，全部都展現出來讓我看吧。速速前行。」

六喰說完打算邁出步伐，帶領士道前進。

不過，腳卻踩到自己的長髮，差點跌倒。

「唔……？」

「還好嗎？」

「畢竟許久未曾踏在地面上了。唔唔……略微踩髒了。」

六喰心疼地拿起頭髮拍掉灰塵，並且如此說道。

這裡是地球，確實和六喰長期生活過的外太空不同，是受限於重力的地上世界。雖然姑且將頭髮綁成丸子形狀，但頭髮這麼長，應該不好走路吧。

「不論要去哪裡，先解決妳頭髮的事比較好吧。我說六喰，把頭髮稍微剪短，清爽——」

「——我拒絕。」

士道話還沒說完，六喰就露出銳利的視線，斬釘截鐵地如此回答。

「我厭惡剪髮。即使是你，我亦不會遵從。」

「……！」

看見六喰的反應，士道不由得抖了一下肩膀。

不過，那也是理所當然的事。因為剛才為止還很開朗的六喰態度突然一百八十度大轉變，怒氣沖天。

緊接著，耳麥另一頭傳來熟悉的警報聲。這是——精靈感到不悅時會響起的聲音。

『士道！快打圓場！』

琴里慌張地說道。

於是幾秒後，正當士道猶豫著該如何安撫六喰的時候，六喰似乎驚覺自己的語氣粗暴，接著說道：

「……對不住。不知為何……我厭惡剪髮。」

同時，耳麥響起的警報聲戛然而止。士道鬆了一口氣。

「這……這樣啊。我才該跟妳賠不是。」

士道瞥了一眼六喰的頭髮說道。一頭漂亮的微捲金髮，也難怪六喰會這麼珍惜它。都說頭髮是女人的性命，自己的發言可能有些草率了。

但是就這麼放著不管，六喰重視的頭髮或許會再次被踩髒。士道觀察六喰的表情，戰戰兢兢地提議：

「可是，這樣下去很難走路吧。比……比如說把頭髮綁起來呢？妳也會討厭嗎？」

「唔……」

六喰撫摸著頭髮，輕輕搖了搖頭。

「……那倒無妨，只要不剪便可。那妾身該如何是好？」

「呃，這個嘛——」

就在士道話說到一半的時候，右耳的耳麥傳來琴里的聲音。

『——士道，選項出現了。』

〈佛拉克西納斯〉艦橋上的主螢幕，顯示出三個選項。

①去美髮院，讓專業的來。

②士道幫她綁得漂漂亮亮的。

③走在六喰後面，像捧著婚紗裙襬一樣，時時憐愛地拿起來摩擦臉頰，偶爾舔一下。

「——全體人員，開始選擇！」

琴里下達指示後，艦橋下方的船員們同時操作手邊的控制檯投票。不到數秒，螢幕上便顯示出投票結果。

「最多人投②，接著是①。選③的是……」

「有！是我！」

琴里說完後，站在艦長席旁的神無月便精神奕奕地舉起手。

「我喜歡誠實的部下。賞你坐三十分鐘的空氣椅子。」

「咦！可以嗎！」

聽見琴里說的話，神無月露出由衷感到開心的表情，蹲低身子，在大腿與小腿呈現九十度直角時瞬間停下動作。船員們露出無力的笑容望向他。

「真是的，到底在想些什麼啊──話說，瑪莉亞。」

『什麼事，琴里？』

琴里呼喚名字後，副螢幕上顯示出「MARIA」幾個字母，從擴音器傳來〈佛拉克西納斯〉AI「瑪莉亞」的聲音。

「這些選項，是妳想的吧？」

『這要看妳如何定義AI的人格和思考，但選項都是參考精靈的數值和過去的資料自動推導出來的，並非按照我的認知產生那些選項。倒是能以我自己的理解來類推、說明選項的旨意。』

「……這樣啊。我之前就一直很在意，必定會有一個選項很冒險，脫離常軌。」

『是啊。從過去的模式來判斷，選項是以精靈的感情數值為基礎，分成「合理」、「對抗」、「挖坑」三個部分來構成。』

「還挖坑咧……」

怎麼覺得選擇選項像是在賭博啊。聽見瑪莉亞那太過人性化的說話方式，琴里不禁露出一抹苦笑。

『是的。要是傾向相似，就失去選擇的意義了。』

「嗯，妳說的也有道理，之前選擇冒險的選項還是有壓對寶過……但妳不覺得這次的選擇太噁心了嗎？」

『沒問題的。就算賭輸一次，下次只要壓雙倍就能一次贏回來。』

「沒有人利用瑪莉亞的運算功能來預測賽馬吧？」

怎麼感覺她明顯學了些不該學的事。琴里不禁大喊。

雖然覺得有幾名船員的肩膀抖了一下，但光憑這一點並無法判斷他們是被琴里的聲音嚇到還是做了虧心事。琴里決定之後來檢查管理系統。

交談完後，擴音器傳來「叩叩」敲打耳麥的聲音。看來是士道在請求答案了。

「啊啊，抱歉。答案是②喔，士道。讓專業的來也不錯，但考慮到她是未封印的精靈，最好還是讓你來處理。」

琴里說完，螢幕上的士道點了點頭表示理解。

「——那麼，六喰，要不要先去我家？家裡有梳子和髮飾。」

「郎君府中嗎？」

士道聽從〈佛拉克西納斯〉的指示說完，六喰深感意外地瞪大了雙眼。

「嗯。挺有意思的。也罷，既然交付予你，便任你處置吧。」

「哈哈……小的深感榮幸。」

士道聳了聳肩，畢恭畢敬地行了一個禮。該怎麼說呢？跟說話文謅謅的六喰講話，感覺自己就像是僕從或是臣子。

「哈哈哈，郎君，你此話可真是言之有趣呢。」

「……是……是啊。」

不知六喰是否有自覺，只見她愉悅地笑道。士道搔了搔臉頰，露出一抹苦笑。

「好了……但我們要怎麼回家呢？」

士道從建築物之間的空隙窺視大馬路，輕聲低喃。所幸這裡是天宮市，只要走個二十分鐘，應該就能到達士道家。不過，帶著這名異常引人注目的少女走在路上，難易度則會倍增。

當士道正感到煩惱的時候，六喰一臉疑惑地歪了歪頭。

「你在煩惱何事？不過是要返回自宅吧？」

「嗯，是沒錯啦……」

士道話還沒說完，六喰便把手放在士道的肩膀上。然後，她將另一隻手握著的錫杖刺向虛空，轉動錫杖。

「〈封解主〉──【開】。」

於是下一瞬間，開啟了一扇寬度能讓一個人通過的「門扉」。

「什麼……」

士道啞然無言，六喰則是毫不猶豫地跳進其中，然後只伸出手來，像是在呼喚士道般朝他招了招手。

「喂、喂！」

『士道，總之先追上去！自動感應攝影機也會一起跟上去。』

琴里透過耳麥如此說道。士道胡亂搔了搔頭髮後下定決心，跳進「門扉」之中。

視野瞬間陷入黑暗，之後熟悉的家中裝潢與興致勃勃地四處張望的六喰身影立刻映入眼簾。

「哦？此處便是郎君府上嗎？真是一所佳處啊。」

士道穿過「門扉」的同時，「門扉」慢慢收縮，煙消雲散。

「六喰……」

「唔？喚我何事？」

「……沒有啦，老實說，妳幫了我一個大忙。不過，以後別在人前使用天使好嗎？」

士道說完後，六喰一臉不解地凝視著士道，但片刻後便點了點頭回答：「也罷。」讓〈封解主〉消失在虛空中。

「所以，郎君，我該如何是好？」

「啊啊，妳過來這裡一下。」

士道如此說著，要六喰過來鏡子前面。

「好了，六喰，坐這裡。」

「嗯。」

六喰乖乖在圓椅上坐下。士道解開她綁成丸子狀的頭髮後，拿起髮梳仔細梳理她的金髮。

「……唔。」

中途六喰扭動身軀，士道因此停下梳頭髮的動作。

「啊，抱歉。弄痛妳了嗎？」

「只是很癢罷了。毋須在意，繼續梳。」

士道說完，六喰輕輕搖了搖頭，像在表達「再梳久一點」。她的動作有些可愛，因此士道苦笑著繼續梳理她的頭髮。

「那麼……妳要綁成什麼樣的髮型呢？全部梳上去也行，綁成雙馬尾好像也很適合。妳有什麼要求嗎？」

「唔……那麼，妾身希望紮成一束，以至於不凌亂。」

士道皺起眉頭，嘆了一口氣後，再次將六喰的頭髮綁成剛才的丸子形狀。總覺得這個髮型是六喰的特徵。

然後將剩餘的頭髮編成三股辮。

雖然過程有點複雜，但士道從以前就經常幫琴里綁頭髮，已經習慣了。不久，六喰的金色長髮便漂亮地被紮成一束。

「喔喔！紮得可真漂亮呢！」

「多謝妳的誇獎，不敢當。」

士道畢恭畢敬地行了一個禮後，接著說：

「可是，這樣的話，長度依然沒什麼變，還是會很難走路吧？」

「沒問題。看我的！」

六喰簡短說完，像歌舞伎演員一樣大幅度轉動頭部，長髮自然而然地跟著旋轉，纏繞在六喰的脖子上。原來如此，如此一來，的確可以不用在意頭髮的長度。

就在這個時候，右耳的耳麥傳來輕快的警示音。

『——氣氛很棒喔，士道。好感度順利地上升，簡直跟之前判若兩人。不需要走旁門左道，正面進攻吧。難得頭髮也整理好了，上街逛逛如何？』

「知道了……」

士道輕聲回答後，端詳六喰的外表——描繪著星座圖案，發出淡淡光芒的靈裝。這身裝扮實在是太引人注目了。

「啊……對了。琴里，借一下妳的衣服。」

『咦？喔喔，原來如此。沒問題。』

琴里似乎察覺到士道的心思，如此回答。士道從琴里的房間隨便挑了一件適合的衣服，回到六喰身邊。

「六喰，我打算等一下帶妳上街。穿靈裝太招搖了，妳換上這件衣服吧──」

「喔喔，如此嗎？」

六喰抬起頭回應士道，從圓椅上下來後拍了一下手掌。

於是，六喰身上的靈裝化為光粒，消融在空氣中，她肌膚白皙的裸體因此大方地展現在眼前。原本被靈裝緊緊束縛住的胸部解放開來，宛如裝滿水的水球充滿彈性地搖晃。

「什……六……六喰！」

「郎君為何如此慌亂？不是要更衣嗎？把衣服拿給妾身。」

儘管一絲不掛，六喰卻一點也不害羞，挺起胸膛，從士道手中搶過琴里的衣服。仔細端詳衣服，確認服裝的構造後，穿過袖子。

不過──

「……唔？」

正當六喰想要扣起襯衫的鈕釦時，卻眉頭深鎖。看來似乎是衣服的尺寸不合身。

「郎君，此衣無法穿。胸口太緊繃了。」

『…………』

六喰一臉傷腦筋地如此說完，右耳的耳麥傳來一陣靜默。士道十分清楚「傳來一陣靜默」這種表達方式很奇怪，但他確實有這種感受，也無可奈何。該怎麼說呢？感覺琴里拚命地在壓抑難以言喻的感情。

「不是啦……我不是要妳直接穿上這件衣服，精靈不是能用靈力重現看到的服裝嗎？」

「喔喔，原來是這麼一回事啊。」

士道別過臉如此說道，六喰便脫下衣服，再次拍了一下手。

接著，六喰的身體發出淡淡光芒，那道光構成衣服的形狀，正好是和琴里的衣服相同設計——尺寸卻完全符合六喰的身材。

「嗯。如此一來便舒服多了。」

六喰滿足地說道，莞爾一笑。耳麥傳來抱怨聲。

『……咦？一開始這樣做不就好了，為什麼要先穿過一次衣服？是吧？』

「啊……啊哈哈……總……總之，我們走吧，六喰。」

「嗯，好。」

士道露出乾笑催促後，六喰便溫順地點了點頭。

然後宛如希望人護送的千金大小姐一樣伸出手。

「呃，這是……」

士道思索了一下子，然後像管家般行了一個禮，牽起六喰的手。

「我們走吧，小姐。」

「嗯，呵呵♪」

於是，六喰滿心歡喜地露出笑容。

對方那麼開心，士道也氣不起來。他牽著六喰的手走出五河家，朝街上走去。

——士道在接受〈拉塔托斯克〉的支援下，帶著六喰逛天宮市逛了約六個小時。

約會行程十分傳統。在街上散步、逛逛可愛的店家、吃飯、走進六喰感覺會喜歡的美術館——大概就是這樣。

在約會過程中了解了六喰的偏好。她喜歡安靜的地方勝過熱鬧的地方；喜歡日式料理勝過西式料理；裝飾品方面也是比較喜歡仿古懷舊的風格。士道在飾品店問她有沒有什麼想要的飾品，她指了指對面雜貨店裡擺放的描金扇時，士道著實嚇了一跳。長相年輕，興趣倒是挺古樸的。

時刻來到晚上七點。心急的冬日太陽早已隱沒街頭，夜幕低垂。

士道和六喰開心地約會完，來到四下無人的公園，並肩坐在長椅上。六喰「啪嗒啪嗒」地搧著剛才買來的描金扇，心情愉悅地哼著歌。

『——氣氛不錯呢。今天一整天，六喰都對士道敞開心房，只差臨門一腳就能抵達可封印的程度了。我們這麼辛苦，目的是為了什麼？——不要鬆懈，一口氣展開攻勢吧。』

「嗯，好……」

士道瞥了天真無邪地嬉戲笑鬧的六喰，有些猶豫地點頭稱是。

琴里似乎察覺到士道有所遲疑，納悶地問：

『怎麼了嗎？』

「沒有啦……六喰看起來的確玩得很開心，如果她的心情跟好感度都直線上升，當然是再好不過……但我有點在意。」

『在意什麼？』

「就是……為什麼六喰會鎖上自己的心房，一個人待在宇宙……」

沒錯，士道心裡一直很在意的就是這點。

六喰現在看起來確實非常高興，據琴里所說，數值也順利地慢慢上升。實際約會一整天，也沒發生什麼值得一提的問題，在精靈之中算是乖巧的。

不過——不對，正因如此。

士道才無法想像是基於什麼樣的理由，讓六喰鎖上心房。

拒絕感受、思考、想像。

斷絕與世界的連結，選擇像顆石頭飄飄蕩蕩。
士道強烈地認為自己還沒有看見六喰隱藏在內心深處不為人知的那一面。
『你說的……沒錯。但是，重要的並非以前的六喰，而是現在的六喰吧？這不足以構成錯失封印靈力機會的理由。』
「嗯……我知道。」
「──呵呵呵。」
就在士道跟琴里交談時，身旁突然傳來六喰的笑聲。
「原來如此。果然正如郎君所言，今日實在非常開心。」
「哈哈……妳玩得開心就好。」
「嗯。妾身要向你道謝。如果我一直待在外太空，肯定一生都無法品嚐到如此快樂的滋味。不過，想不到你竟會為我做到如此地步，你──」
六喰說著大膽地瞇細眼睛。士道感覺自己的煩惱被看穿了，仰起身子想要逃避。
「咦？我……我怎樣？」
「──喜歡妾身吧？」
六喰露出戲謔的笑容說出的話出乎意料地可愛。士道「啊哈哈」地苦笑，回答：
「……是啊，我喜歡妳，也想要保護妳。」

「唔嗯，這樣啊、這樣啊。你喜歡妾身啊。唔嗯。」

士道說完，六喰便舉起扇子遮住嘴巴，搖晃著雙腳，開懷大笑。

然後將身體向前傾，探頭窺視士道的臉龐，微微開啟她如櫻花花瓣的雙唇。

「——妾身也中意你。我喜歡你喔，士道。」

「……！喔，喔喔……」

士道不禁心跳漏了一拍，屏住呼吸。不知為何……身材明明很嬌小，表情卻莫名嫵媚。

「不該如此回應吧……重新來過。」

「咦？啊啊——我……我喜歡妳喔，六喰。」

受到六喰的催促，士道如此回答後，六喰便心滿意足地露出笑容。

「嗯呵呵。看在你如此喜歡我的份上——好吧，郎君在宇宙提過之事，我可以考慮看看。」

「！真的嗎？」

「嗯。雖然會失去靈力這一點令我有些在意……不過，若是你會保護我，倒也不壞。」

六喰轉動著手指如此說道。士道感覺心中總是繃緊的緊張情緒稍微舒緩了一些。

他的確對六喰的過去感到好奇，但正如琴里所說，重要的是現在的六喰。既然六喰答應接受封印，就再好不過了。

不過，就在士道嘆氣嘆到一半的瞬間，六喰語氣歡愉地繼續說：

「——只是，理所當然地，與我定情後，不得再與昨日那房間的女人們相會。」

「嗯，我知——咦？」

由於六喰說得太過自然，令士道不禁差一點就點頭答應……但在途中感到疑惑。

「咦？為……為什麼？」

「為何一臉疑惑？此事理所當然。你喜歡我對吧？我亦喜歡你。那麼你對妾身做任何事都無妨。不過，有其他女人介入就奇怪了吧。」

六喰說得一副天經地義的樣子。

不對，她是真的覺得理所當然吧。事實上，士道也並非不能理解她所說的話。

只是，她的想法接近所謂的婚姻關係——對每次精靈出現都必須封印其靈力的士道來說，無疑是致命的打擊。

「嗯？妾身所言有何古怪嗎？」

「……沒有，那個，呃……」

在六喰清澈眼神注視下，士道不由自主地移開視線。畢竟能封印精靈力量的只有士道一人，他也無可奈何。但聽六喰這麼一說，士道覺得自己好像在對精靈們做非常不誠實的事。

『喂，士道，你怎麼被對方駁倒啦？』

「抱……抱歉……我有點受到良心的苛責……」

『要苛責，事後再說。總之，不能答應她這件事。要是假裝答應她，封印靈力，事後卻做不到，到時候的下場會很恐怖……只能向她好好解釋封印跟婚姻的不同，說服她了。』

「……說的也是。」

士道輕輕點了點頭，稍微調整呼吸後，面向六喰。

「那個啊，六喰，妳仔細聽我說，我不能答應妳。」

「唔？郎君花心成性嗎？」

「…………」

『不要玻璃心。』

琴里無奈地說道。士道清了清喉嚨，打起精神後繼續說道：

「我之前也說過，我想拯救所有精靈。所以……若是以後有像妳一樣的精靈出現，我還是必須封印她的力量。而且——我也很喜歡我過去封印靈力的精靈們，跟對妳一樣喜歡。如果妳也能跟其他精靈好好相處，我會很開心。」

「……唔。」

士道說完後，六喰目瞪口呆，一語不發。

數秒後，像是想起什麼事情似的捶了一下手心。

「原來如此，是這麼一回事啊。郎君你真是溫柔。」

「咦？」

士道不明白六喰為何有此反應，瞪大了雙眼。不過，六喰將士道說的話擅自理解成別的意思般點了點頭。

「妾身明白了。郎君毋須再言，我自會處理。」

六喰如此說完，輕盈地從長椅上起身，倏地收起描上美麗金漆的扇子，輕碰嘴脣。

「——那麼，今宵就此拜別吧。近期再相會，郎君。」

六喰留下這句話便走上幽暗的道路離開。

「喂，六喰！」

士道急忙追在六喰後頭。不過，恐怕是途中用了〈封解主〉，早已不見六喰嬌小的身影。

「她到底……打算做什麼啊……？」

聽見六喰留下的令人百思不解的話語——

士道呆站在微弱街燈照射下的路上，表情染上困惑之色。

第八章 封鎖的記憶

「——哼，哼，哼嗯嗯，唔嗯♪」

暗夜中，不對——說得更正確一點，是星海中。

星宮六喰飄浮在半空中，頭髮跟著飄蕩。

頭上是無窮無盡的漆黑宇宙；眼下是巨大的藍色星球。

沒錯。六喰和士道分別後利用〈封解主〉在空間開啟「門扉」，再次回到這個死寂空間。

但並非因為討厭士道和地面，反而認為士道帶她去的城鎮市街是非常美妙的地方，不過——

她判斷一個人思考事情的時候還是待在毫無雜音的外太空比較好。

「話說——」

六喰輕聲自言自語，眼睛眨啊眨地俯瞰眼下的地球。

「可真是美麗呢。妾身過去經常目睹此般景色，內心卻毫無波動——實在浪費啊。」

六喰撫摸前幾天被士道的冒牌〈封解主〉插入的胸口。

「呵呵，得感謝士道才行呢。」

六喰如此說道，將身體向後仰，伸展手腳。

活動身體很舒服。不，不只如此，風景、嘆息、日光、菜餚的滋味——許久未曾感受到的一切外來刺激都令六喰無比暢快。

這才是——

「……嗯？」

就在此時，六喰歪了歪頭。

這個世界的事物如此美妙，自己為什麼還會鎖上心房呢？

「唔唔唔……？」

六喰盤起胳膊和雙腿，在原地慢慢旋轉思考，但怎麼樣就是想不起來。不久後，她死心地嘆了一口氣。

「也罷。」

沒錯。現在比起回想過往——有件事必須優先處理。

士道。五河士道。打開六喰的心鎖，讓六喰的世界多彩多姿的男人。

更重要的是——他是和六喰兩情相悅的愛人。

「唔，嗯，真開心呢。愛人與被愛，竟是如此歡愉之事。」

只要一想起士道，她的心就飄飄然的，感覺非常幸福。士道說的果然沒錯。

不過，有一個小問題。

就是她的愛人太溫柔了。

「妾身必須想個法子才行。」

六喰莞爾一笑，從虛空中取出巨大的鑰匙〈封解主〉。

◇

——每天都過得無比開心。

早上起床後，爸爸、媽媽，還有「姊姊」會對我說「早安」。

睡醒時，不知道有自己的家人竟是如此美妙的事。

然後，全家一起吃早餐。

不過，在吃早餐前還有一件令人期待的事情。

就是姊姊會幫我綁頭髮。

（××的頭髮，真的好漂亮啊。）

姊姊經常一邊用梳子幫我梳頭一邊這麼對我說。

被自己最喜歡的姊姊稱讚，我覺得很開心、很驕傲，非常喜歡每天早上的這個時間。

姊姊的指尖在轉瞬之間就將長髮綁成丸子頭。短短幾分鐘內，一個頭髮亂翹、愛睡懶覺的人便搖身一變，變成一個可愛的女孩。第一次經歷這件事時，姊姊看起來就像是個魔法師。

我有些興奮地將自己的想法告訴姊姊後，姊姊露出吃驚的表情，面帶微笑——再次溫柔地撫摸我的頭。

接著吃完媽媽做的美味早餐，互道：「我出門了。」「路上小心。」然後去上學。放學回家後，媽媽會說：「歡迎回家。」出來迎接我。

飯後和喜歡星星的姊姊一起在自家屋頂上觀察星空是每天必做的事。

夏天炎熱的日子，我們會在屋頂鋪上塑膠墊，肩並肩躺在上面仰望夜空。

姊姊指著一顆顆閃閃發光的星星，說明那些星星的名字和星座的由來。

年幼的自己並無法完全聽懂，但很喜歡看姊姊熱衷解說的模樣，幾乎每天都會爬上屋頂。

不久後，睡意漸濃，我開始昏昏欲睡，姊姊便苦笑道：「我說得太久了呢。」溫柔地撫摸我的頭髮。

我喜歡在姊姊手心觸感的包圍下慢慢入睡。

然後再清醒——展開新的一天。

這種理所當然的生活令我感到無比幸福。

我非常喜愛我的新父母和姊姊。

只屬於自己的家人，只屬於自己的空間，疼愛自己的人們，自己可以去愛的人們。

年幼的自己深信這樣幸福的時光會持續到永遠。

然而，幸福終結的那一天卻比我想像的還要快到來。

並沒有發生什麼嚴重的大事。既不是遭遇事故，全家人命喪黃泉；也不是父母離婚，一家人分崩離析；更不是有血緣關係的親生父母出現，主張親權。

那一天——

自己非常期待那一天，因為姊姊答應要帶自己去天宮塔玩。

可是，那一天，姊姊卻帶學校的朋友一起去。

沒錯，就只是這樣而已。

就只是不值一提的日常生活的一頁。

可是，自己無論如何都無法容許。

因為姊姊應該是屬於自己一個人的。

那個約定應該是屬於自己一個人的。

姊姊應該是只有自己可以喜愛的人，應該是只愛自己一人的人。

那樣的姊姊卻背著自己和自己不認識的朋友一起玩，而那個人還侵蝕自己與姊姊的領域。

光是想到這一點，心就一陣揪痛，難受得無以復加。

我強忍著悲傷，想要努力和大家一起玩得開開心心。

不過，在瞭望台眺望市街風景時，姊姊的朋友卻這麼對我說：

（欸，××，妳的頭髮好長喔，剪短一點比較好吧？對吧？××，妳也這麼認為吧？）

然後，聽見朋友向她尋求同意的姊姊稍微思考了一下，如此回答：

（嗯……是啊。頭髮有點留得太長了。下次我幫妳剪頭髮吧？）

——兩人應該沒有惡意。

姊姊的朋友和姊姊反而是體貼自己，認為自己晃著一頭長髮不方便走路，才這麼說的。

可是，聽見那些話後，我大受打擊，心臟像是被捏碎了一樣，一個人衝出塔外。

——我非常傷心難過。

姊姊明明誇獎過我的頭髮很漂亮。

姊姊明明說過她喜歡我的頭髮。

朋友隨口說出的一句話就讓姊姊改變自己的想法。

換句話說，姊姊重視朋友更勝於自己。若是要她在自己和朋友之間選擇一人，她一定會選擇朋友。

一想到這裡，不安就像滴落布料的墨水，逐漸擴散。

自己毫無根據就認為父母和姊姊最愛自己。

不過，三人在自己被領養之前就已經生活在這個世界上很久了——各自都與自己不認識的人保持人際關係。

而父母和姊姊也在自己不知道的地方和自己不認識的人談笑風生……

（嗚……嗚，啊……）

光是認清這個事實，胸口就湧起嘔吐感。

感受過愛人與被愛的心終於承認這份感情叫作「悲傷」。

於是，就在那時——

◇

「…………唔。」

和六喰約會後的隔天。

士道清醒得比平常還要早一些。

並非有什麼特別的要事，也沒有設鬧鐘，而是在意六喰昨晚離去時留下的話，輾轉難眠。
另外，作惡夢也是原因之一吧。
跟前幾天從外太空墜落後作的夢有點相像，是個非常悲傷的夢。
宛如重現過去發生在自己身上的事，真實無比的惡夢。
……不過，士道的新家人不是姊姊，而是可愛的妹妹就是了。
「……嗯～～」
由於睡眠不足，身體狀況不佳，但若說能否再睡個回籠覺，似乎也有點難。
反正都睡不著，不如早點去做早餐。士道瞥了一眼時鐘確認時間後，打了個大呵欠，一邊爬出被窩。
他踏著緩慢的步伐走到一樓，洗臉、換衣服，然後穿上男人的戰鬥服——圍裙，熟練地開始烹調食物。
不知過了多久，當烤魚香氣四溢時，二樓傳來啪躂啪躂的腳步聲。
看來琴里也起床了。她昨晚為了調查六喰和處理偵測資料，留在〈佛拉克西納斯〉工作到深夜，身體的疲倦應該大於士道。
琴里搓揉著雙眼，動作像殭屍一樣緩慢地走下樓。士道見狀，苦笑著微微舉起手，說了：
「唷，早安啊，琴里。」

「嗯……早……」

琴里話還沒說完，便像是突然察覺到什麼事情，猛然瞪大雙眼——

「呀啊啊啊啊啊啊啊啊啊！」

發出驚聲尖叫。

「……！怎……怎麼了……？」

士道不由得摀住耳朵，神情困惑地面向琴里。

「怎樣啦，琴里，發生什麼事了嗎？」

然而，琴里並沒有要回答士道問題的意思，而是露出鋒利的視線瞪視士道。

接著，發出充滿警戒的聲音。

「你到底是誰啊！為什麼在我家！」

聽見這極為出乎意料的話——

「…………………………………什麼？」

士道只能錯愕地如此回答。

不過，這也是理所當然的事。就算問自己是誰，也只是令人為難；問自己為什麼在家，也不知道該作何反應。畢竟自己已經在這個家住了十年以上，雖說沒有血緣關係，但總歸是兄妹。
「……呃，妳在說什麼傻話啊，琴里？」
士道搔了搔臉頰，並且朝琴里踏出一步後，琴里便大喊牽制士道。
「不要靠近我！我要叫警察嘍！」
「咦，咦咦……」
士道一臉困惑，擦拭額頭冒出的汗水。
琴里到底是怎麼了？若是開玩笑，也未免太逼真了吧。如此一來——
正當士道陷入思考的時候，琴里不耐煩地拿起旁邊的擺設。
「你這傢伙……在發什麼呆啊！我叫你出去……是聽不懂嗎！」
「嗚哇！」
琴里使勁扔出手中的擺設品。士道連忙移動，閃避攻擊。
「喂、喂，很危險耶——」
「少囉嗦！快點給我滾出去！」
琴里歇斯底里地大叫，拿起下一個投擲武器。
雖然不知道琴里為何會做出這種舉動，但士道明白了一件事，那就是現在無法跟她溝通。於是他慌慌張張地拿起書包和西裝外套，落荒而逃。

「噫……噫噫噫！」

「啊！喂，給我站住！」

剛才不是還要自己滾出去，怎麼這次又叫自己站住？但現在也沒有那個閒情逸致指摘琴里。

士道拿起放在玄關的鞋子，光著腳丫，衝出家門。

「呼……呼……呼……！」

在路上奔馳了一陣子後，確認琴里沒有追上來攻擊才喘了一大口氣。接著簡單地調整呼吸，解開圍裙，穿上從家裡拿來的西裝外套，背上書包。

「真是的……就算再怎麼睡眠不足，也不至於糊塗成這種地步吧。哥哥要哭了啦。」

士道搔了搔頭，如此自言自語後，瞥了一眼剛才跑過來的道路。

現在是一月。老實說，只穿一件西裝外套非常冷。如果可以，士道真想先回家裡一趟，拿禦寒用品。

不過，琴里可能還在犯糊塗，現在回五河家並非上策。應該不至於報警啦，但要是她大叫，附近可能又會傳出流言蜚語了。

俗話說，流言傳不過七十五天，但最近的士道七十五天還沒過就又傳出新的謠言，不斷引起惡性循環。他想盡量避免自己的壞名聲傳千里。

「沒辦法……直接去上學吧。」

士道死心地說道，在寒風中搓著雙手，無精打采地走在上學的路上。
打了幾次噴嚏，走了幾十分鐘後，便抵達都立來禪高中。
士道換上室內拖鞋，前往教室。熟練地將書包掛在桌邊後，拉開椅子坐下。
「…………嗯？」
在溫暖的教室鬆了一口氣的士道突然感到一股奇妙的異樣感。
感覺像是走錯了教室。因為教室裡的同學們時不時一臉納悶地望向士道，竊竊私語。
「怎麼回事……？」
士道歪著頭，俯看自己的穿著。該不會是自己早上匆忙逃出家門，不小心穿了睡褲還是鞋子左右邊穿反了。
但是，自己的穿著看來一切正常啊。保險起見，士道也摸了摸頭髮，但並沒有亂翹成獨樹一格的髮型。
「嗯……」
搞不好同學們是對自己在這種寒天下不穿大衣，抖著身體來上學感到納悶吧。士道姑且下此結論後，從書包拿出筆記用具和筆記本，放到書桌上。
「鼽～～鼽鼽，鼽鼽鼽～～咳咳！咳咳！咳咳！」
這時，有個哼著奇妙的旋律（雖然中途咳個不停），用髮蠟將頭髮抓成刺蝟頭的少年走進教室。他是士道的損友，殿町宏人。

「嗨，殿町。」

「嗯？喔喔，早啊～～」

士道站起來呼喚名字後，殿町也一派輕鬆地回應。

不過——

「好久不見了。我們有多久沒見了啊？……呃，抱歉，我順勢就跟你打招呼了。不好意思，你哪位啊？」

殿町話說到一半，表情越來越不安，隨後一臉歉意地低下頭。士道啞然無言地瞪大雙眼。

「什麼？」

「哎呀，真的很抱歉啦……啊，該不會之前去唱歌你也在吧？你想嘛，當時那麼多人，我沒辦法全部都記住。」

「……不不不，你在說什麼啊，殿町？是我啊，五河士道。我們不是一直同班嗎？」

士道皺起眉頭說完後，這次換殿町露出疑惑的表情回答：「什麼？」

「我們……有同班嗎？」

「殿町……？」

殿町的反應令士道眉頭深鎖。殿町有時候確實會開一些莫名其妙的玩笑，但現在他的表情看起來並非如此。沒錯，宛如真的不認識士道。
除非殿町在不知不覺間演技精進，否則……
士道環顧四周後，向教室裡的其他同學攀談。
「欸，山吹、葉櫻、藤袴。」
「咦？」
「啊？」
「嘿？」
聽見士道的聲音，在附近聊天的女子三人組轉過頭來，如此回應。隨性穿著制服的高挑少女、沒有特徵就是她的特徵，身材穠纖合度的少女，以及戴眼鏡的嬌小少女。她們分別是二年四班的知名三人組，亞衣、麻衣和美衣。
「殿町又在胡鬧了……妳們認識我吧？」
士道說完後，三人露出目瞪口呆的表情，面面相覷。
「……呃，你是誰？」
「嗚哇，該不會是搭訕吧？好老套～～」
「不會吧。我的桃花期終於來了嗎？你看上的是誰？是誰？」
亞衣、麻衣、美衣立刻興奮地喧鬧起來。

相反的，士道則是感覺自己瞬間刷白了臉。

「不認識……我……？」

他發出沙啞的聲音，環顧四周。沒有人有反對殿町、亞衣、麻衣和美衣的意思。不僅如此，甚至有同學跟他們一樣看著士道，一臉疑惑地歪著頭。

這情況明顯不正常。除非士道還在作夢，要不然就是全班同學串通好一起整士道，否則無法解釋現下的狀況。熟識的同班同學所在的教室彷彿陌生的空間。

就在這個時候——

「喔喔，大家早啊！」

「早。」

正當士道不知所措時，兩名少女走進教室。她們分別是十香和折紙。

「……！」

士道看到兩人的同時，宛如看到救兵，衝到兩人身邊。

「欸、欸！十香、折紙！」

「喔喔！搞……搞什麼啊，嚇死人了。」

「…………」

十香大吃一驚，折紙則是面不改色地望向士道。

「喔，喔喔……抱歉。可是，妳們聽我說，同學們都好奇怪。不對……不只教室，搞不好琴里也不是睡糊塗——」

「唔……？」

不過，不管士道如何傾訴，十香只是一臉困惑地皺著眉頭。

看見她的反應，士道產生一股心臟被擰轉般的錯覺。

心跳加速，全身冒汗，類似強烈暈眩的感覺侵襲全身，就快要當場暈倒。不祥的預感充滿肺腑。

然而，十香和折紙沒有察覺士道的狀況，接著說出殘忍無比的話語。

「抱歉，你在說什麼啊……？」

「你到底是誰？」

「————！」

聽見兩人說出來的話——

士道只能呆愣地佇立在原地。

◇

時刻是下午一點。照理說早已高掛天空的太陽被厚實的雲層遮蔽，無法將熱氣傳達到地上。

偶爾吹來的風十分寒冷，一點一點地奪走士道的體溫。士道打了一個大噴嚏，吸著鼻水，摩擦肩膀。

士道目前的所在地並非來禪高中的教室，而是五河家隔壁的公寓前——說得更正確一點，其實是能夠清楚看見公寓正門的對面路上。他躲在電線桿後方，目不轉睛地注視著公寓。

「……！」

不知道等了多久，公寓大門開啟，兩名嬌小的少女走了出來。一名是戴著一頂可愛的帽子，身穿毛絨絨的大衣，左手戴著兔子手偶，看似溫柔的少女；而另一名則是穿著顏色樸素的大衣，圍著圍巾，眼神看起來十分不悅的少女。她們是住在公寓裡的精靈，四糸乃和七罪。

「……嗚哇，冷死了。吐出來的氣超白的！」

「呵呵……真的耶。呼！」

「嗚呀！白色呼吸！」

四糸乃配合七罪說的話，吐出一口白色的氣息，籠罩在白色氣息中的兔子手偶「四糸奈」扭動著身軀。四糸乃開心地嘻嘻嗤笑。

相對的，七罪卻一臉為難……有些不好意思地皺起眉頭。

「……那個，四糸乃，妳真的可以不必特別陪我去買東西，真的只是小事，要是妳感冒可就不好了……」

「別這麼說，我想陪妳去。我很耐寒，而且——」

四糸乃如此說完握住七罪的手，插進自己大衣的口袋。

「嗚呀！」

可能是被四糸乃突如其來的行動嚇到，七罪發出高八度的尖叫聲。

四糸乃臉頰微微泛紅，露出戲謔的微笑。

「嘿嘿嘿……這樣會很溫暖。」

「嗯、嗯……說的也是……」

七罪臉頰紅得跟猴子屁股一樣，結結巴巴地回答。或許是那一瞬間大量冒汗，只見七罪用另一隻手拉了拉圍得密不透風的圍巾，讓脖子通風。

「……哈哈。」

看見如此溫馨的光景，士道不禁莞爾一笑。

不過，他立刻改變了念頭。沒錯，現在不是做這種事情的時候。

士道拍了拍臉頰重新打起精神後，衝出電線桿，跳到兩人的面前。

然後盡力壓抑住心中翻騰的不安感，大喊：

「四糸乃、七罪！還有四糸奈！」

「咦……？」

「搞……搞什麼啊，突然衝出來……」

「嗚哇！嚇我一跳！」

看見突然出現的士道，兩人和一隻露出吃驚的神情。士道嚥了一口口水，接著說道：

「我說妳們，應該認識我吧？」

士道緊握拳頭，語氣中帶著期望如此訴說。然而──

「呃，那個……不好意思，我不認識你。」

「……簡直莫名其妙。四糸乃、四糸奈，我們走吧。」

「啊哈哈！抱歉喔，老兄，你找別人玩吧。」

結果，跟之前一樣。四糸乃和七罪露出疑惑的表情後，快步穿過士道的身旁。

「啊……」

士道朝兩人伸出手……卻一步也動彈不得，當場雙膝跪地。

「不會吧……這到底是怎麼一回事啊？」

然後呆愣地從脣間吐出話語。

十香和折紙說不認識士道後，士道內心充滿不明所以的恐懼感和強烈的焦躁感。他跑到其他精靈們身邊，到處確認她們是否認識自己。

隔壁三班的耶俱矢和夕弦也跟十香她們一樣，回以納悶的神情。住在市內高樓公寓的二亞則是誤以為士道是沒禮貌的粉絲，士道因此吃了閉門羹——至於美九，光是在話筒聽到士道的聲音就大喊：「呀啊啊啊啊啊啊啊！有陌生男子打電話來啊啊啊啊啊！」之後就再也無法取得連繫。

歷經這些打擊，士道懷抱著最後的希望，在此等待四糸乃和七罪……但結果正如剛才所示。

士道無力地垂下頭，胡亂搔了搔頭髮。

一如往常的街道、一如既往的人們。眼前所見的景色跟士道記憶中一模一樣，任何事物都與往常無異。

不過，只有一點——就是所有精靈和士道的朋友全都忘記了士道。只有這一點不同，士道就宛如迷失於平行世界，感到異樣和不安。

「可惡……簡直莫名其妙。這到底是怎麼一回事啊？還有沒有其他人認識我啊……？」

士道將手抵在額頭不斷思索。不過，說到其餘的人，就只有不知下落的「最邪惡精靈」時崎狂三、士道等人的仇敵DEM的威斯考特和艾蓮，以及從士道眼前消失蹤影，不知去向的——

「——」

就在這個時候——

士道輕輕屏住了呼吸。

顫抖的雙唇間吐出浮現在他腦海的名字。

「六……喰……」

沒錯。六喰，星宮六喰。持有鑰匙天使〈封解主〉，能「封鎖」萬物的精靈。

其力量的有效範圍不限於有形的事物。實際上，六喰曾經利用〈封解主〉來「封鎖」自己的心靈。

士道之所以會特別留意這個名字，並不是因為懷抱著希望，認為六喰可能會記得自己。

（妾身明白了。郎君毋須再言，我自會處理。）

昨天六喰離開時說出的話在腦海中甦醒。

當時他並不明白這句話的意思，但如今降臨在士道身上的異常現象與腦中浮現的這句話不謀而合。

能封印對象感情的鑰匙天使〈封解主〉連無形的「心靈」都能封鎖。

假如它的力量甚至能對人的「記憶」產生效用呢？

「該不會是妳幹的好事吧，六喰……？」

士道摀住嘴巴，表情染上戰慄之色。

當然，這只不過是臆測。無憑無據，只是士道如此猜想。

不過，這種異常的狀況不可能自然發生，思考有哪個精靈能夠做到這種事時，會想起六喰的名字也是不爭的事實。

「…………」

士道一語不發地抬起頭，然後扶著圍牆原地站起來，吐出一口長氣。

這的確是宛如迷失在異世界的異常事態。就算想找人商量，對方也全都忘了士道，陷入最糟糕的狀況。老實說，士道剛才已經走投無路。

不過，腦海裡萌生出來的一個假設足以讓士道重新燃起希望。

六喰的力量強大自然是不言而喻。不過，一個人被放置在古怪異常的狀態，與能夠推測出引發事態的始作俑者相比之下，兩者有天壤之別。

這也是理所當然的事。如果六喰真的利用〈封解主〉的力量封鎖大家的記憶——

「——〈贗造魔女〉。」

士道偷偷觀察四周的狀況，確認四下無人後，閉起雙眼，呼喚天使之名。

一把掃帚形狀的天使顯現在士道的手中，回應他的呼喚。士道吸了一大口氣並且集中精神，再次開啟雙唇。

「【千變萬化鏡】。」

〈贗造魔女〉回應士道說的話，發出銀色的光芒，有如黏土柔軟地逐漸變化它的姿態。

數秒後，眼前存在著一把鑰匙形狀的巨大錫杖。

沒錯。士道曾經複製〈封解主〉，用〈封解主〉開啟六喰被「封鎖」的心房。

天使會實現宿主的願望。如果是基於〈封解主〉的力量讓她們忘記士道，那麼是否也能利用同樣的方法打開「記憶」之鎖？

不過——

「咦……？」

士道握著冒牌的〈封解主〉，全身僵硬，發出呆愣聲。

不過，這也是理所當然。

因為士道握著的〈封解主〉旁邊的空間產生一扇小型的「門扉」，一把巨大的鑰匙前端從中出現，插進冒牌〈封解主〉內部。

「這……這是——」

「——【閉(Seguva)】。」

士道驚愕地瞪大雙眼後，某處傳來這樣的聲音，響起「喀」的一聲，鑰匙轉動。

瞬間，士道手持的冒牌〈封解主〉發出淡淡的光芒，回到原本〈贗造魔女〉的姿態後，化為光粒，消融在空氣中。

「啊——」

士道目瞪口呆地凝視著空無一物的手心。

然後，將視線移到仍飄浮在虛空中的鑰匙前端，發出顫抖的聲音。

「封……〈封解主〉……」

於是，像是回應士道的聲音，空間開啟的「門扉」越變越大——

不久後，一名少女從中冒了出來。

脖子圍著一圈金髮的嬌小少女穿著和琴里服裝相同設計的衣服。

——星宮六喰出現在眼前。

「六喰……！」

「呵呵，妾身猜想打開我心鎖的你一定會察覺。果不其然啊。」

六喰說完莞爾一笑。士道聽見這句話後，感到戰慄。

簡單來說，六喰看準了士道將〈贗造魔女〉變化成〈封解主〉，企圖開啟大家的記憶之鎖的時機。

然後在那一瞬間，利用真正的〈封解主〉「封鎖」冒牌〈封解主〉的力量。

用膝蓋想也知道——是為了封鎖士道持有的開鎖能力，阻止他開啟精靈們的記憶之鎖。

而她的這個舉動就是說明士道假設為真的最好證明。

「六喰……果然是妳將大家的記憶上鎖！」

「嗯，正是。很厲害吧。」

六喰得意洋洋地扠著腰，挺起胸膛。士道在眉心刻劃出深深的皺紋，大喊：

「為什麼！妳到底為什麼要做出這種事！」

「為何？唔，郎君此言甚異也。」

六喰露出詫異的神情，無憂無慮地笑道：

「如此一來，郎君便能與妾身雙宿雙飛。毋須再擔心，心無旁鶩地愛我。」

「什麼……！」

士道戰慄得屏住呼吸。

眼前的少女露出可愛的表情說出令人頭皮發麻的話，這樣的反差令士道一瞬間頭腦混亂。

士道過去封印過好幾名精靈，經歷過無數次危機和淒慘的戰事，也面對過強大的敵人和濃烈的惡意。

但是——不一樣。

眼前這名少女是性質截然不同的存在。

「最邪惡精靈」時崎狂三可怕駭人。面對她的殺意和瘋狂時，士道一步也動彈不得。

同樣的，士道在面對DEM的威斯考特與艾蓮時也感到強烈的恐懼。在慘無人道的巨大惡意

前，士道幾乎無力反抗。

然而，六喰既沒有殺意也沒有惡意。

她的表情流露出的——只有單純的善意和……愛情。

「吶，郎君。」

六喰露出溫和的笑容，開啟雙脣：

「你喜歡妾身吧？」

聽見如此可愛單純的話語——

士道卻無言以對。

◇

「呀呀呀～～！好久不見了，大家～～！在分開的這段期間，人家片刻也沒有忘記大家喔～～～！」

假日白晝，走廊方面傳來「躂躂躂」的腳步聲，隨後發出這樣的吶喊聲，美九衝進五河家的客廳。

「噫——！」

她的登場令七罪抖了一下肩膀，滾落沙發，逃到暗處躲起來。
不過，美九立刻對做出動作的七罪產生反應，宛如發現老鼠的貓咪，衝向七罪。
「喵！」
「呀！」
被美九熱情擁抱（美化過後的用詞）的七罪胡亂擺動著雙腳，拚死掙扎。
一家之主琴里見狀，唉聲嘆了一口氣。
「真是的，妳還是一樣吵吵鬧鬧的呢。說什麼分開的期間，不是前天才剛見過面嗎？」
「噗噗，退人掐來縮，一粒噗見如個三啾呀。」
「……聽不懂妳在說什麼，可以把妳的臉從七罪的肚子上抬起來再說嗎？」
琴里翻了翻白眼說道後，美九便發出「噗啊！」一聲，心滿意足地抬起頭來。
「補充完畢！今天的疲勞全部一掃而空了！」
不知道是不是心理作用的關係，總覺得美九的皮膚比剛才更加光滑亮澤了。相反的，肚子上留下一個大吻痕的七罪則是全身乾巴巴。震驚！天宮市的住宅區竟然出現了吸血鬼！
琴里無奈地聳了聳肩，將視線移向客廳的方向。
五河家的客廳如今聚集了所有精靈。坐在沙發上的十香和折紙、霸占電視打電動打得正盡興的八舞姊妹、被美九吸乾精氣的七罪、照顧她的四糸乃，以及占據桌子，面對純白筆記本搔頭苦

惱的二亞，看來是沒有靈感，畫不出漫畫草稿。

並沒有特別召集大家過來，但可能是待起來很舒服，一到假日，大家便自然而然地齊聚在這個家。

就在這個時候，電視方向傳來一道吵鬧的聲響。八舞姊妹似乎已經分出勝負。耶俱矢抱著頭，夕弦則是得意洋洋地挺起胸膛。

「啊！好可惜！就差那麼一點！啊！」

「勝利。雖然險勝，但還是夕弦贏了。午餐的菜色交易權歸夕弦所有。」

「唔咕嗚嗚嗚！」

看來似乎是打了賭，耶俱矢懊悔地敲打地板。琴里唉聲嘆了一口氣，大聲說道：

「我沒有打算干涉妳們的比賽，但飲食要均衡，否則對身體不好。」

琴里說著瞥了一眼時鐘。十二點。正如兩人所說，已經到了吃午餐的時間。

「……嗯？」

想到這裡，琴里歪了歪頭。平常這個時間，餐桌上應該已經擺好菜餚……但今天卻還沒有準備好午餐。

「咦？真是奇怪，我什麼都……說起來，平常都是我做菜嗎？」

這股奇妙的感受令琴里眉頭深鎖。於是，四糸乃搓揉著七罪的背，憂心忡忡地望向琴里。

「琴里，怎麼了嗎？」

「咦？喔喔，沒有……沒什麼啦。大家肚子也差不多該餓了，今天就點披薩來吃好了。」

琴里敷衍地說完，八舞姊妹立刻興奮地大叫：

「此話當真！那本宮期望不死鳥之狂宴！」

「解說。耶俱矢好像想點照燒雞披薩。」

「好主意！呵呵，而且吃披薩就無關菜色了！真遺憾呢，夕弦！」

「否定。交易權依然有效。耶俱矢的披薩料要跟夕弦的披薩邊交換。」

「披薩邊！」

「慈悲。夕弦能給耶俱矢的最大施捨就是幫妳訂厚片披薩，而不是沒多少地方可以吃的薄皮披薩。」

夕弦故意發出溫柔的聲音，如此說道。耶俱矢大喊：「沒人性！」夕弦則回答：「當然。因為夕弦是精靈。」

不過，依照夕弦的個性，大概會在充分欣賞耶俱矢悔恨的表情後，也讓她吃有料的披薩吧。

琴里聳了聳肩，拿起電話打算叫外賣。

「……？」

此時，琴里覺得有些不對勁，望向坐在沙發上的十香。

話雖如此，十香並沒有做出什麼奇怪的舉動，只是面有難色地交抱著雙臂。

正因如此才不對勁。沒錯。明明要叫披薩，十香卻沒有表明她要點什麼口味，甚至沒有發出歡呼聲。

「十……十香，妳怎麼了？身體不舒服的話，要不要躺下？」

「……──唔？」

琴里詢問後，十香隔了幾秒才抽動了一下眉毛。

「喔喔……抱歉。我在想事情。」

「想事情……？妳嗎？比披薩還重要？……不，我沒有別的意思。」

琴里下意識脫口說出失禮的話，急忙更正。

不過，十香並不怎麼在意──應該說，似乎有其他更令她在意的事情，只是發出低吟。

「妳怎麼了啊？竟然會擺出一副若有所思的樣子。」

「唔……也沒什麼大不了的事啦，就是我昨天在學校遇到一個很奇怪的男生。」

「奇怪的男生？」

「嗯。有個陌生男子在我們的教室裡，叫了我跟折紙的名字。但是，我們兩個說不認識他後，他就露出很難過的表情，離開教室了……」

「那是怎樣啊？是妳們兩個人的粉絲嗎？這件事的確滿奇怪，但也沒必要那麼在意……」

話說到這裡，琴里「啊」地叫了一聲，動了動眉尾。因為她也發生過相似的經驗。

「發生什麼事了？」

可能是察覺到琴里的反應，美九一臉疑惑地詢問。琴里將手抵在下巴回答：

「……這麼說來，我昨天也有遇到類似的男生。我早上起床後，看見有個陌生男子待在廚房，正在準備早餐。」

「咦咦！那是什麼情況呀！根本是驚悚片！妳……妳沒事吧，琴里！」

「沒事，我立刻把他趕出去了，也已經要求〈佛拉克西納斯〉加強警備，我想應該沒問題才對……」

琴里說完後，這次換美九拍了一下手心，發出「啊啊！」的叫聲。

「美九，妳有什麼事嗎？」

「聽……聽妳們這麼一說，人家也有遇到！昨天有人打電話給人家！一接起來，突然傳來陌生男人的聲音，嚇得人家立刻掛斷！而且仔細看來電畫面，上面竟然顯示『達令』！人家根本不記得有存過他的號碼，可怕死了！」

於是，聽見她們談話的其他精靈也紛紛表現出想起什麼事情的樣子，表情動了一下。

「吶，夕弦，她們說的該不會是那傢伙吧？」

「回想。夕弦兩人也有遇到。有個男生突然在開班會前衝進我們教室，激動地表示：『妳們認識我吧？』」

「……啊，這麼說來，我也有遇到呢。我工作了一整晚沒睡，有個男人突然跑來拚命按我家門鈴。我一時火大，就把他趕回去了。」

「！說……說到這裡，我跟七罪昨天出門的時候，也有一個陌生男子跑來跟我們說話……」

「……啊，嗯，確實有沒錯，而且還跟在我們後面。那傢伙到底是怎樣啊？感覺很苦惱的樣子……」

在四糸乃的照顧之下恢復到總算能說話的七罪鄙視地瞇起眼睛抱怨。

聽見大家的證詞，琴里不由得皺起眉頭。

「那個男人出現在我們所有人的面前……？不對，還不能確定就是同一個人……但要說沒有任何關係，這想法也未免太過樂觀了。」

當然，也有可能只是單純的變態，但搞不好是DEM的諜報人員。

雖然不知道那個男人的目的是什麼，但現場所有人都是擁有強大力量，能造成災難的精靈，最好還是警戒一點。

「這段期間，我還是要求組織強化各位的警備吧。要是遇見什麼奇怪的事情，就立刻通知我們。」

「我……我知道了……」

「了解！人家隨時都會聯絡妳！」

「……啊，要警備也行，但可以順便派個助手過來嗎？我這次真的滿緊急的。具體來說，我想要有才能、矮個子、名字以『七』開頭的人當我的助手。」

「……吶，琴里，我想要改名，該怎麼做才好？」

精靈們點頭表示了解。不過……感覺有幾個人似乎有假公濟私的嫌疑，但琴里決定暫時不予理會。

其中唯獨有一名少女沒有回答。是折紙。

她從剛才開始就一語不發，悶不吭聲地注視著地板。雖然她平常就沉默寡言，但似乎跟平常的態度有些不同。琴里探頭窺視她的臉，出聲詢問：

「折紙，妳還好嗎？」

「……沒問題。只是頭有點痛。」

「這樣哪裡沒問題了啊……別硬撐。如果難受不舒服，我派人送妳回家。」

「……麻煩妳了。」

折紙難得語氣有些虛弱地說道。琴里憂心忡忡地走到折紙身旁攙扶她。

「怎樣，站得起來嗎？」

「……沒問——」

折紙勾住琴里的肩膀想要站起來。然而那一瞬間，折紙全身無力，「砰」一聲倒向前方。

「折紙！」

「什麼……！」

「妳……妳沒事吧！」

事發突然，聚集在客廳的精靈們無不發出驚愕的聲音。不過，那也是理所當然的事。若是其他人倒下也就罷了，昏倒的可是那個鐵娘子折紙啊。

「唔──」

琴里屏住呼吸，將手伸向手機想請求〈佛拉克西納斯〉支援。雖然不清楚折紙的狀態如何，但送到艦艇的醫務室肯定比叫救護車還快。

不過，琴里的手在就要按下通話鍵時停下。

「…………」

理由很單純。因為剛才俯臥在地的折紙若無其事地站了起來。

「折紙……？不可以勉強站起來啦，要是發生什麼事該怎麼辦啊！」

琴里急忙對折紙說。不過，折紙使勁地搖了搖頭，宛如剛才身體不舒服是演戲一樣。

然後，她筆直地凝視著琴里的雙眼，發出聲音：

「不會的——我沒事。不好意思讓妳擔心了。」

語氣明顯與剛才截然不同。

「………………」

聽完這句話，琴里的臉頰流下一道汗水。

「折……折紙？」

「是，什麼事？」

「那個，我姑且問一下，妳是折紙對吧？」

「咦？是啊。為什麼這麼問？」

折紙說完露出一抹苦笑。看見她那活力充沛的表情，精靈們全身打顫。

「噫，噫……！」

「戰慄。是發高燒嗎？不，折紙大師該不會已經燒壞腦子……」

「來人呀！救救折紙！救救折紙啊啊啊啊啊！」

「咦！妳們對我的態度就是這樣嗎……？」

面對大家誇張的反應，折紙無力地笑道。

不過，她立刻改變態度，露出嚴肅的表情環顧大家，開啟雙脣：

「算了……倒是妳們剛才說的話是真的嗎？真的沒有人——記得『他』？」

「咦……？」

聽見折紙說的話，琴里皺起眉頭。

「妳說的『他』……莫非是指出現在我們面前的那個神祕男子？」

現在話題裡提到的「他」，能想到的也只有這件事了。琴里將手抵在下巴如此說道。

於是，折紙用力點了點頭。

「看妳這個表情，好像真的不認識呢。這果然是六喰的……」

「六喰？」

聽見折紙口中說出的名字，琴里歪了歪頭表示疑惑。因為她沒有聽過這個名字。

不過，折紙卻對琴里的反應感到吃驚，瞪大了雙眼。

「妳該不會也忘記她了吧？她是之前待在外太空的精靈啊！大家不是還一起戰鬥過嗎？」

「妳……妳在說什麼啊，折紙……」

琴里納悶地說完，折紙便露出了然於心的不悅表情。

「……原來如此，考慮得還真周到啊。不只他，也『封鎖』了跟自己有關的記憶是嗎？這樣的話，的確就不會找到自己頭上來了……」

折紙面有難色地沉默了片刻後，突然望向七罪。

「那個，七罪。我想請問妳一下……妳的〈贗造魔女〉有辦法複製〈封解主〉嗎？」
「咦……？〈封解主〉是什麼？天使嗎？」
「對。能夠開啟、封鎖萬物機能的鑰匙型天使。」
折紙凝視著七罪說道。七罪像是要逃避她那熱情的視線，挪開目光回答：
「……不行啦，別強人所難了。我又沒看過那個天使，沒有範本可以參考，是要怎麼複製出贗品啊？」
「說的……也是呢。」
折紙愁眉苦臉，用手掩住嘴角，喃喃自語：
「……竟然連〈贗造魔女〉都不能使用。這……到底該怎麼辦才好……」
「等……等一下啦，我完全沒有頭緒。折紙妳到底在說些什麼啊？六喰是誰？還有『他』……妳認識那個男人嗎？」
琴里有些困惑地詢問。於是，折紙目不轉睛地凝視著琴里的雙眼，點頭稱是。
「對。照理說，妳們也都認識他。妳們——不對，我們所有人都曾經被他——五河士道拯救過。」
「士道……」
聽見折紙說出的名字，琴里微微皺起眉頭。一股熟悉又陌生的奇妙感覺湧上心頭。其他精靈也做出和琴里類似的反應。

不過——

「唔……唔……？」

其中有一名精靈跟剛才的折紙一樣，按著頭當場蹲下。

◇

「呵呵，真開心呢。郎君亦覺得開心吧？」

「……嗯嗯，很開心喔，六喰。」

「呵呵，這樣啊。」

士道回答後，六喰便滿心歡喜地莞爾一笑，前後晃動著緊握住的士道的手。

「吶，郎君，你喜歡妾身嗎？」

「那是當然啊，最喜歡了。」

「我也是。呵呵……真是幸福呢。」

六喰臉頰微微泛起紅暈，加深了笑意。

「…………」

看見她那天真無邪的表情，士道苦澀地緊咬牙根。

士道現在正與六喰手牽著手漫步在天宮市的大街上。六喰似乎很滿意前幾天的約會，再次提出想要兩個人一起逛街。

「郎君，彼為何物！」

六喰對看見的任何東西都感到十分新奇，每走幾步路，眼神便散發出燦爛的光芒，對士道說話。士道也屢次溫柔地回應她。

——不過，士道當然並非只是悠閒輕鬆地陪伴著六喰。

數小時前，六喰封鎖〈贗造魔女〉的機能後，士道苦口婆心地嘗試說服她。

說他自己的確喜歡六喰沒錯，但也同樣重視其他精靈，希望她讓所有人恢復原狀。

不過，六喰沒有答應。而且，她心裡並沒有懷抱著惡意，而是真心認為士道既然喜歡自己，應該就不需要其他女生。不僅如此，還認為士道無法對自己專一是因為有其他女生的存在。

沒錯。六喰就是如此天真無邪。

只是她的想法與士道背道而馳罷了。

「…………」

話雖如此，也不代表士道舉白旗投降。

目前的狀況的確稱不上樂觀。事實上，士道現在一個同伴也沒有，就連能扭轉情勢的〈贗造魔女〉的力量也被六喰「封鎖」住了。

不過，士道還有一個能打破現狀的手段。士道一語不發地觸碰自己的嘴脣。

——藉由親吻來封印六喰的靈力。

是士道獨有的神祕特殊能力，也是士道等人的目的。

打開六喰的心房，讓她迷戀上自己，親吻她的雙脣。如此一來，就能封印六喰的力量，恢復大家被〈封解主〉「封鎖」的記憶。

但是，這個方法並非萬無一失。

最大的問題在於六喰對士道的好感度。照目前的情況看來，六喰很親近士道。但是，失去〈拉塔托斯克〉支援的士道無法正確判斷六喰的好感度是否已經提高到可以封印的程度。

如此一來，就不能輕舉妄動。因為六喰擁有〈封解主〉，要是得知士道的心思，可能會像「封鎖」〈贗造魔女〉的力量一樣，甚至「封鎖」住士道封印靈力的能力。

「封鎖」萬物的天使與封印靈力的能力。雖然不知道孰勝孰敗，但萬一士道的能力遭到封鎖，他就無計可施了。不能擅自輕舉妄動。

況且——

「……六喰，妳為什麼……」

六喰異常想獨占士道，以及封閉自己的心靈，獨自飄蕩在外太空的理由。在不知道這兩個原因的情況下，即使成功封印她的靈力，似乎也只是治標不治本。

「唔？」

聽見士道半下意識地脫口而出的話語，六喰歪了歪頭表示疑惑。

「妳為什麼要做到這種地步？……妳說過我跟妳『很相似』。那究竟是什麼意思？」

「妾身曾言，理由我也說不上來……不過，若真要說……」

六喰豎起手指，碰了一下下巴。

「恐怕是因為在郎君你抱著我墜落地面後，我作了一個奇妙的夢吧。因此特別在意你。」

「夢？」

「嗯……不過，郎君你並未出現在夢中，而是夢境本身就非常悲傷。自懂事起便獨自一人的幼童得到家人的夢。可是……在妾身懷抱著無比哀痛的心情清醒過來時……不知為何，特別想見你。」

「咦——」

聽見六喰說的話，士道皺起眉頭。

這也難怪。因為那個夢——

「五河同學……！」

就在這一瞬間。

宛如要抹消士道的思考，後方傳來呼喊他名字的聲音。

「……咦？」

頓了一拍後，士道驚愕得瞪大雙眼，回過頭。

驚愕的理由有兩個。一個單純只是因為士道從昨天起就沒有聽過六喰以外的人呼喚他的名字。士道的熟人朋友全都被六喰「封鎖」住記憶，應該沒有人認識他才對。

而另一個理由則是——那道聲音聽起來十分熟悉。

「折……折紙！」

面向後方的士道看見眼前的少女，不禁大叫出聲。沒錯。呼喚士道名字的正是士道的同班同學，也是精靈鳶一折紙小姐本人。

不過，折紙昨天在教室看見士道的時候也和其他人一樣，表現出不認識士道的樣子啊。究竟是如何解開〈封解主〉的力量呢——

「——啊……」

思考到這裡的時候，士道赫然發現——

折紙稱呼他為「五河同學」，而不是「士道」。

更發現位於視線前方的少女所散發出來的氛圍比士道認識的鳶一折紙還要沉穩柔和。

「該……該不會……是『這個世界』的折紙！」

折紙一雙眼睛瞪得老大，發出聲音。
「嗯，是啊……好久不見了——這麼說好像也有點奇怪。畢竟『我』一直都有跟五河同學見面。」
折紙「啊哈哈」地苦笑，如此說道。
看見不符合折紙風格的笑容後，士道確信——眼前這名少女既是折紙，卻不是原來的折紙。
士道曾經藉由時間天使的力量回到過去，改變歷史。
折紙心中因此存在「在原本世界生活過的折紙」以及「在新世界生活過的折紙」兩個人格。
話雖如此，與其說是清楚地分成兩個人格，更像是兩名折紙融合在一起，產生出新的折紙那樣的感覺……而眼前這名少女，明顯是士道在改變世界後遇見的折紙。
不過，現在士道更在意另外一件事。他壓抑自己興奮的心情，詢問：
「折紙……妳記得我嗎？」
「當然記得。外顯的『我』，記憶似乎被封鎖了。不對，正確來說，應該是回想的路徑被封鎖了吧？」
「……！」
聽見折紙說的話，士道屏住了呼吸。
不過，這純屬僥倖。在孤立無援的狀態下，出現認識士道的人。這件事實強烈振奮士道差點

被不安壓垮的心。

話雖如此——事態並不會如此輕易地扭轉。

「……哦？」

位於士道身旁的六喰露出疑惑的表情，仰望折紙的臉。

「妳是……之前跟士道在一起的女人。怪哉，妳的記憶應該也被妾身封鎖住了才是。」

六喰不悅地嘆了一口氣後，朝前方舉起右手。

「——也罷。妾身不知妳是如何解開〈封解主〉上的鎖，但只要再次『封鎖』便可。」

隨後，虛空中顯現出一把閃閃發光的鑰匙。

「……！六喰！」

士道不禁大喊。這也難怪。好不容易出現的同伴，可不能再讓六喰「封鎖」一次她的記憶。

然而——

「不可以！」

折紙發出跟士道的意圖有些不同的叫聲。

「要是在這種地方顯現出天使——會被『那個人』發現……！」

「什麼？」

「那個人……？」

聽見折紙說的話，六喰和士道同時歪了歪頭表示疑惑。

於是，下一瞬間——

「——哼。」

上方響起「喀」的一聲，緊接著士道的耳邊傳來這樣的聲音。

他被聲響和人聲吸引，轉頭望向後方，抬起頭。

便看見一名少女交抱雙臂，站在街燈上。

隨風飄逸的長髮是烏黑如墨的黑色。映照出夢幻般的光芒，宛如水晶的雙眸靜靜地俯視士道等人。她身上穿的是濃縮黑暗般的漆黑靈裝，如果現在是夜晚，她的身影恐怕會融入夜空中。

「什麼——」

看見背對燦爛陽光，態度悠然的少女，士道瞪大了雙眼。

不過，並不是對少女奇異的模樣感到吃驚。

——而是因為那名少女的長相非常眼熟。

「找到妳了，女人……嗯？還有其他古怪之人呢。精靈，以及——哼，『那時』的男人嗎？正好。我就將你們一起化為灰燼吧。」

眼神冷漠如冰的十香像是宣告死刑地如此說道。

第九章 觸景傷情

——關於反轉這個現象，目前還有許多不了解的部分。

士道第一次見到反轉體時，琴里曾經對士道這麼說過。

精靈陷入絕望的情緒導致靈魂結晶屬性改變。靈力值顯示為負數，轉化成別種力量的現象。

士道認識三名曾經發生過這種現象的精靈。

一名是折紙。當她發現年幼時期發誓要報仇雪恨的殺親仇人正是回溯時間，返回過去的自己時，陷入深深的絕望，因此導致反轉。

另一名是二亞。她曾經長時間被ＤＥＭ囚禁，持續接受超乎想像的殘酷極刑，然後被迫記起這段回憶，因此反轉。

還有——最後一名。

現在就站在士道的眼前。

「十……香……」

士道呼喚那名少女的名字。不過，不知道這個舉動有多少意義。

因為她並不曉得那個名字代表的是自己。

去年九月，在DEM Industry日本總公司一戰時，士道曾被巫師艾蓮・梅瑟斯攻擊，受到致命性的傷害。

儘管因為琴里治癒火焰的能力而保住一命，但看見那幅光景的十香陷入絕望，造成靈魂結晶反轉。

當時出現的，就是如今從街燈上俯視士道等人的「黑十香」。

與十香擁有相同的容貌、同樣的嗓音——卻並非十香，而是其他的「某種東西」。

施展強大魔王之力的反轉精靈，如今就位於眼前。

「為……為什麼十香會反轉……？」

士道因緊張和混亂，思緒翻騰不已，好不容易擠出這句話。

十香變身為反轉體，就代表她面臨過等同於士道快被人殺死的無盡絕望。士道不在的這段期間，她究竟經歷了什麼事——

就在此時，士道的思考中斷。

理由極其簡單。因為站在街燈上的十香朝側面揮出右手後，黑色粒子立刻集結在手上，構成一把劍。

「！〈暴虐公（Nahemah）〉……！」

士道屏住了呼吸。魔王〈暴虐公〉。與〈鏖殺公〉成對，擁有強力無比之破壞力的劍。若是在街上揮舞那把劍，不知道會造成多大的災害。士道發出哀號般的吶喊。

「住手，十香！在這種地方——」

「吵死了。給我消失吧。」

十香根本聽不進去，冷酷地瞇起雙眼後，朝士道等人揮舞〈暴虐公〉。只能用黑光形容的斬擊描繪出新月的形狀，逐漸逼近士道他們。

「嗚……嗚哇！」

面對突如其來的事態，士道不禁縮起身體。

然而，下一瞬間——

「——【開】！」

士道旁邊的六喰高舉〈封解主〉，虛空中立刻開啟一扇巨大「門扉」，吸收了十香發出的逐漸逼近士道等人的攻擊。超過「門扉」範圍的斬擊餘波剜挖地面，在柏油路上留下巨大爪痕。

「哇！」

「剛——剛才是怎麼回事？」

突然響起的爆炸聲令周圍的路人發出驚愕聲。

不過，十香本人根本不把閒雜人等看在眼裡，露出銳利的視線望向剛才讓自己的攻擊失效的六喰。

「妳這傢伙，竟然擋下我的攻擊，活得不耐煩了吧。」

「此番話語，妾身才想言之於妳。妳為何出現於此？妳們的記憶應該早已被〈封解主〉『封鎖』了才是。倘若妳再繼續妨礙妾身與郎君的關係，我絕饒不了妳。」

六喰一臉不悅地皺起臉孔。十香抽動了一下眉毛。

「——求之不得。我要讓妳後悔沒死於剛才那一擊！」

十香如此說完，蹬了一下街燈，降落到地面，然後慢慢舉起〈暴虐公〉，走向士道等人。

「唔……」

六喰似乎也感受到位於眼前的反轉精靈對她造成極大的威脅。她絲毫不敢大意地凝視著十香，壓低重心，像拿著長槍一樣將〈封解主〉的前端指向十香。

簡直是一觸即發。兩人之間充滿危險的緊迫感，令士道不禁向後退了一步。

「唔……」

但又不能任由兩人持續針鋒相對。要是十香和六喰竭盡全力一戰，這個城鎮恐怕會瞬間化為一片焦土吧。

然而，擺出備戰姿態的兩名精靈之間所建構出來的緊張感卻像一道無形的屏障，拒絕從外部而來的侵入者。雖然不像巫師的隨意領域那樣真的形成一道障壁，但感覺站到兩人中間的瞬間，人類這種渺小的存在應該輕而易舉就會被消滅吧。這種本能的恐懼令士道不敢移動腳步。

普通人別說要阻止兩人激戰，根本連介入兩人之間都辦不到吧。

即使如此，也無法放著兩人不管。士道下定決心，向前踏出一步。

不過就在這個時候，有人搭上他的肩阻止他前進。是折紙。

「五河同學，這裡交給我。我……有辦法。」

「咦……？可……可是……」

即使士道如此回答，折紙似乎心意已決。她神情緊張地介入六喰與十香之間。

「——請等一下！」

「何事？」

「妳想妨礙我嗎？」

「噫……噫……！」

六喰和十香露出凶狠的眼神瞪視折紙，折紙剛才英勇的態度便像假的一樣，淚眼婆娑地抖著肩膀。

不過，她強忍著想逃離現場的衝動留在原地，戰戰兢兢地發出微弱的聲音。

「那……那個啊，請靜下心來聽我說。六喰。」

「……唔？」

聽見折紙說的話，六喰納悶地皺起眉頭。折紙鼓起勇氣凝視著六喰的雙眼，接著說道：

「六……六喰妳喜歡五河同學吧？所以才不能原諒前來搶奪五河同學的十香。」

「……嗯。簡而言之，是如此沒錯。當然，也包括妳在內。」

六喰說完揮動〈封解主〉，因此發出「喀鏘」聲。折紙連忙阻止她。

「不可以！五河同學討厭暴力！而……而且，要贏得五河同學的愛，應該還有其他更好的方法……！」

「……唔？」

六喰面有難色地歪了歪頭。這時換十香耐不住性子，向前踏出一步。折紙倒抽一口氣，面向十香。

「十……十香也請冷靜一下！妳的目的是什麼……？」

「十香——是指我嗎？……也罷。那還用說嗎？那個男人以前曾經讓我吃過苦頭，不洗刷這份屈辱，我嚥不下這口氣。妳這傢伙跟鑰匙精靈怎麼樣都無所謂，但若是妨礙到我，我絕不善罷干休。」

聽見這充滿露骨殺意的話語，折紙額頭滲出汗水。不過，她似乎對十香的發言抱有疑慮，畏畏縮縮地繼續說：

「五河同學讓妳吃過苦頭……那該不會是指妳在DEM總公司顯現時的事吧……？」

「我不清楚場所在何處。不過，我清清楚楚記得他讓我嚐到難以忍受的屈辱。」

「……我也只是聽說過而已，但我知道當時發生的事情。妳那時確實敗給了五河同學——」

折紙話還沒說完，十香便揮舞起〈暴虐公〉。漆黑的劍身掠過折紙的臉頰，在地面留下輕微的傷痕。

「噫！」

「注意妳的用詞。誰敗給了誰？」

「不……不好意思，我的表達方式容易產生誤解……！以前十香和五河同學對峙的時候，可能因為偶然的不可抗力因素，而遭受到不怎麼愉快的對待……」

「……哼。」

十香板著一張臉，從鼻間哼了一聲。不過，這次的表現似乎安全過關了。折紙有些安心地繼續說：

「請妳回想一下，當時五河同學有對妳揮劍嗎？妳有屈服在他的力量之下嗎？」

「開什麼玩笑。絕不可能發生這種事。」

十香的表情突然凶狠了起來。折紙張開手心安撫十香，接著說：

「沒……沒錯！就是這樣！」

「……妳說什麼？」

「單純就力量而言，五河同學應該完全敵不過妳！可是，結果卻出乎意料……！那麼，就算現在妳用蠻力打倒他，真的可以說是贏過他嗎……？要是這時妳搞錯戰略，反而可能失去雪恥的機會！」

「…………」

聽見折紙說的話，十香陷入思考般瞇起眼睛。

「不過，既然如此，我該如何讓這個男人受到屈辱？」

「這個嘛……是心……心！讓他對妳心悅誠服，而不是屈服於暴力之下，才稱得上是真正的勝利！」

「……喂、喂，折紙？」

折紙似乎正想辦法說服兩人，但總覺得方向好像越來越奇怪了。士道有些擔心地發出聲音。不過，被夾在兩名處於備戰狀態的精靈中間，折紙似乎沒有餘力回應士道。士道滿頭冷汗，忐忑不安地窺視兩人的反應。

於是，六喰和十香幾乎同時歪了歪頭，朝折紙發問：

「所以，妾身該如何贏得郎君的愛，讓他不再關注那傲慢的女人？」

「回答我。要如何才能讓那個男人對我心悅誠服？」

「好的。我有辦法能讓妳們兩人達成各自的目的，分出勝負……！」

「哦？」

「是嗎？」

兩人興致勃勃地如此回答。

折紙動作誇張地舉起一隻手，猛然指向士道。

「先親吻到五河同學雙唇的人獲勝……這個方法如何？」

聽見折紙偈促不安地說出這句話後——

「…………咦咦！」

隔了數秒，士道發出高八度的驚愕聲。

當然，不只士道，十香也對折紙投以疑惑的視線。

「這是何種方法啊？妳是在胡鬧嗎？」

「怎……怎麼會……還是說，妳害怕了嗎？堂堂一個精靈噫！」

折紙的聲音在中途突然變得沙啞。

理由非常單純。因為十香揮舞的〈暴虐公〉掠過她的鼻尖。

「我應該提醒過妳，注意妳的用詞。」

「是……是的……」

折紙顫抖著雙腿回答。

不過，十香放下〈暴虐公〉後，將手抵在下巴，似乎在思考些什麼。

「哼。不過，以前我現身在這個世界時，那個男人也對我做過同樣的事。那時確實被他得逞了……以牙還牙似乎也挺有意思的。」

「……咦？」

聽見十香的話語，士道不禁目瞪口呆。於是，六喰不滿地嘟起嘴脣。

「且慢。別擅自推進話題。親吻郎君的嘴脣……？我怎麼可能答應此種勝負！」

「別擔心啦。十香的目的終究只是讓五河同學對她心悅誠服罷了。只要妳跟五河同學關係堅定，就不會有任何問題……妳該不會沒自信能獲勝吧？怕五河同學不會選妳，而是選十香？」

「……哦？」

六喰將〈封解主〉的前端猛然插進折紙的腹部。折紙「噫！」地發出慘叫。

「這……這是怎樣！是不會痛啦，但是好像！好像怪怪的！」

「妳若是不住口，我就要轉動鑰匙了……不過，孰先親吻到郎君的嘴脣嗎……哼，或許是個讓此女人得知我們實力差距的妥當手段也未可知。」

六喰將鑰匙從折紙的腹部抽出，並且如此呢喃。

「什……什麼！」

士道萬萬沒想到兩人會做出這種判斷，表情染上了驚愕之色。兩人竟然會被折紙的三寸不爛之舌給說服，出乎他的意料。
士道懷抱著「這下要怎麼辦啊……」的心情，向折紙投以求救的眼神。於是，折紙朝他豎起大拇指，像在表達「太好了，五河同學！」。接著觸碰自己的嘴唇，「砰砰」拍了拍胸脯。
「什麼意思……啊……」
士道頓了一拍後才察覺到折紙的意圖。
沒錯。折紙並不是獻出苦肉計隨便提出這個辦法，也沒有要將士道推入虎口的意思。
讓她們和士道接吻——換句話說，是想藉由封印六喰的靈力或是喚醒原來的十香來打破現狀。雖然士道被折紙的突發奇想嚇了一跳，但這個辦法的確——
下一瞬間……
「——！」
士道的思考被迫中斷。
頭腦慢了一拍才理解狀況。再次出現前一刻目睹過的光景。跨出腳步朝地面一蹬的十香、出現在眼前的影子，以及——一望無際的天空。
沒錯。轉瞬之間縮短距離的十香一把抓住士道的前襟，強制性地讓他失去平衡。
「咦！啊！喂——」
「住口。馬上就結束了。」

士道慌亂得眼珠子直打轉。結果，十香吐出帥氣無比的話語，並且抬起士道的身體。然後用帶著冷酷色彩的眼神俯看著士道，將她的脣慢慢湊近士道。面對這突如其來的事態，士道只能任憑擺布。

不過——士道與十香的脣並沒有交疊在一起。

因為在兩人的脣瓣即將觸碰到的那一刻，巨大鑰匙的前端朝十香的頭刺了過來。

「痴心妄想！」

六喰露出銳利的眼神瞪視十香。

「——哼。」

不過，十香華麗地將身體向後仰閃避攻擊，同時瞥了一眼六喰後，抓著士道的脖子，用另一隻手將〈暴虐公〉一揮而下。

迸發出黑光，地面被深深削去一大片。然而，六喰也輕盈地翻轉身體躲避那一擊，再次朝十香刺出〈封解主〉。

只要一擊，甚至連靈裝都能劈開的〈暴虐公〉，與只要刺進體內就能封鎖對方力量的〈封解主〉。各自擁有必殺威力的魔王與天使，以風馳電掣的速度交鋒。

沒錯。全在被十香抓住脖子的士道眼前上演。

「噫……噫呀啊啊啊啊啊！」

蘊含靈力的劍刃和錫杖一次又一次掠過鼻子的數公釐前。

由於十香的左手緊緊抓住士道的脖子，就算他想逃也動彈不得。不對——要是隨便亂動，搞不好下一瞬間，頭顱就高飛上天，身首分離了。

「————！」

「哼——！」

而且在劍杖交鋒的激烈戰鬥中，十香和六喰仍固執地鎖定士道的嘴脣。結果必然就是士道的身體以脖子為支點，宛如功夫明星耍弄雙截棍般用力搖來晃去。在劇烈的重力加速度下，士道的意識越來越模糊。

「喂……停止！妳們兩個人都停下來！」

在士道快要昏倒的時候，折紙的聲音再次響起。

「就……就說了不是這樣啦！就算目的是接吻，用蠻力強吻的話，結果還不是變成以武力決勝負嗎！」

「……唔？」

「……唔？」

聽見折紙說的話，十香和六喰一臉困惑地皺起眉頭。這時，兩人的攻防戰突然停止，士道的身體猛然撞上地面。

「呃啊！」

士道的喉嚨發出痛苦的叫聲。折紙憂心忡忡，六喰則是對十香抱有敵意般發出細小的聲音。

不過，抓住士道脖子的十香不怎麼在意的樣子，望向折紙。

「那麼，究竟該怎麼做才好？」

然後筆直地凝視折紙，如此問道。

「……嗯。」

看來這也是六喰非常想了解的事情。六喰將朝向十香的尖銳視線直接轉向折紙。

折紙在兩名精靈的注視下，整張臉冷汗直流，游移著視線，像在思考該用什麼說辭。

「咦？這個嘛，比……比如說……」

◇

——過了一個小時後。

「來，嘴巴張開，我餵你。不張開的話，我就在你的臉頰上開個洞喔。」

「勿聽信那怪女人所言之事，郎君。從她的言行舉止看來，顯然可以得知她的腦袋不正常。別理會她，面向妾身這裡。」

「妳這傢伙說什麼！」

「怎麼樣？」

「…………那個……」

有別於剛才的另一種壓力從士道的左右方襲來。

地點是一家咖啡廳，距離剛才兩人交戰的道路十分遙遠。這也難怪。引起那麼大的騷動，怎麼可能平靜地在附近喝茶。

不對……說是「平靜」可能有語病。因為士道現在被十香、六喰左右架住，執拗地強迫他吃叉子上的草莓。

經過拚命地說服，十香總算將身上的靈裝換成普通的衣服——不過，她的壓迫感並沒有因此降低。

而且……該怎麼說呢？折紙帶領一行人來到的這家咖啡廳，性質似乎跟平常的咖啡廳有些不同。

「歡迎回家，主人！」

「路上小心，主人！」

一群可愛的店員穿著綴有荷葉邊的圍裙，說著上述的招呼語，迎接、目送客人。

沒錯。這裡是一群身穿女僕裝的女孩們接待客人，所謂的女僕咖啡廳……士道過去因為某種因素，也曾經被迫在這類店家工作過，因此大概了解店家的營業形態。

「……我說，折紙，為什麼選這種店啊？」

「……對……對不起。我想說選這裡比較不引人注目……」

士道輕聲問道，坐在對面位子的折紙便一臉抱歉地如此回答。

沒錯。挑選店家的人是折紙……應該說，造成這種狀況的正是折紙本人。

理由很單純。剛才被十香和六喰逼問的折紙不知所措地如此說道：

（要接吻，還是必須經過約會，關係變得比較親密之後吧……）

（所以，我在問妳具體的方法。）

（我……我也不太清楚……但是，比如說餵對方吃東西之類的……？）

（唔嗯。原來如此。那就如此嘗試吧。）

於是，事情進展快速，便演變成擁有能引起災害的力量的兩名精靈包夾住士道的狀態。

只是該怎麼說呢……兩人都沒有跳脫用蠻力較勁的思維，似乎還不太理解折紙說的話。

而且，士道還搞不太清楚現在的狀況。他被左右兩方的叉子攻擊，對坐在對面跟平常個性有些不一樣的折紙說：

「……折紙，我問妳喔。為什麼十香會反轉啊……？還有妳也……」

「這個嘛……我的情況是因為被六喰封鎖住記憶的路徑，因而顯現出另一條管道——平常不怎麼顯露在外的『我』。至於……」

折紙說著，畏畏縮縮地瞥了十香一眼。

「十香她的情況，這終究只是我個人的猜測……大概是因為記憶的路徑被封鎖，失去五河同學的失落感在無形之中慢慢累積吧。至少沒有發生什麼其他會讓十香陷入絕望的事情才對。」

「這……這樣啊。」

令十香陷入絕望的事情——看來並非琴里她們發生了什麼意外。明知道現在不是處於能放心的狀況，士道還是姑且鬆了一口氣。

不過，大概是對士道的態度感到不耐煩，坐在左方的十香心煩氣躁地一把抓住士道的頭。

「從方才開始，你究竟在囉哩囉嗦些什麼？廢話少說，面向這裡。」

「唔呀！」

十香強制地扭轉士道的頭，士道的喉嚨因此發出慘叫聲。

不過，十香當然一點都不體貼士道，直接將叉著草莓的叉子刺向他的嘴。

然而下一瞬間，士道的嘴巴前方開啟了一扇小型的「門扉」，吞噬十香的叉子。

「什麼……？」

「啊嗯。」

緊接著，六喰的方向傳來這樣的聲音。十香轉動眼球望向聲音來源，便看見六喰一口吃下開啟在她眼前的「門扉」中伸出的草莓。

看來六喰在十香的草莓就要送進士道嘴裡的瞬間，在空間開啟了一扇小型的「門扉」，將它移動到自己的嘴裡。

六喰咀嚼草莓，嚥下後露出狂妄的笑容面向十香。

「怎麼？妾身以為妳鐵定是要餵郎君吃草莓，看來其實是想要餵我呢。嗯，莫非妳想親吻我的嘴唇？」

「……………」

十香一臉不悅地皺起眉頭，下一瞬間，以迅雷不及掩耳的速度伸出叉子，叉子因此閃了一下光芒。

響起「鏗！」的一聲，六喰伸出的草莓連同叉子的前端一起彈飛。

「嗯？」

頓了一拍後，六喰望向十香，便看見她張開嘴巴，一口吃下描繪出拋物線落下的草莓。

接著咀嚼了幾下後，「呸！」的一聲將叉子前端吐到地上。不繡鋼製叉子前端應聲而落。

「這句話，我原封不動地奉還給妳。讓果實毫無防備地暴露在我面前，跟進貢給我沒什麼兩樣。」

「妳說什麼……？」

六喰對十香投以憤恨不平的視線。

就在這個時候──

「哎呀！不可以喔，小姐！」

或許是察覺在角落座位上演的騷動，一名女僕走到士道等人的桌子。

「……妳這傢伙是怎麼回事？」

「……唔嗯。好奇怪的裝扮啊。」

十香和六喰一臉狐疑地望向女僕。女僕剎那間抽動了一下眉尾，但敬業地立刻恢復營業式笑容，繼續做出可愛的動作。

「這麼粗魯的話，主人會傷腦筋的。動作再可愛一點地餵吧？」

「唔……那妾身該如何是好？」

六喰詢問後，女僕便加深臉上的笑意。

「我教妳們一個會讓主人想吃蛋糕的神祕魔法。像這樣用手比出愛心──」

「……這樣嗎？」

「唔嗯。」

十香和六喰依樣畫葫蘆地用手比出愛心形狀。女僕瞄了折紙一眼，於是折紙也連忙模仿她的動作。

「好，準備好了嗎？嘿！變好吃吧，萌萌噠！」

「變好吃吧。」

「萌萌噠。」

十香面無表情，而六喰則是一臉困惑地模仿女僕的動作跟台詞，如此說道。總覺得……這幅光景十分光怪陸離。

「好了！完成了！這下子主人也會變得想吃蛋糕吧！」

「咦？我……我嗎？」

「想、吃、蛋、糕、吧？」

話題突然轉到自己身上，士道正感到不知所措時，女僕便探頭逼近士道，這麼說道。

她的臉上依然帶著營業式微笑，但該怎麼說呢——散發出一股異樣的壓迫感，彷彿在表達：

「不准再給我吵鬧，那兩個是你的女人吧，給我管好！」

「……沒……沒錯。士道最愛吃蛋糕了。」

「很好！給你一個讚！」

女僕莞爾一笑，行了一個禮後離開現場。

「——原來如此啊。聽到了一件好事情。」

十香目送女僕的背影，從鼻間哼了一聲，從桌上拿起盛有蛋糕的盤子，放到地板上。

「……？為什麼要擺到地上？」
士道不明白十香為何要做出這個舉動，提出疑問。
於是，十香用手比出愛心的形狀，朝地上的蛋糕說：
「變好吃吧，萌萌噠！」
十香對蛋糕施咒後，一把抓起士道的前襟往下拉。
「哇哇！」
超強的臂力令士道差點跌個狗吃屎。好在他立刻伸出雙手，四肢伏地。
「很好。」
十香心滿意足地點點頭，放開士道的前襟。
然後從椅子上站起來，坐到士道的背上。柔軟的觸感與適度的重量感，重點是這個姿勢，令士道感到一股難以言喻的悖德感，不禁羞紅了臉頰。
「喂……！妳……妳幹什麼啊，十香！」
「施了咒語，你就非吃不可了吧。你所能做的，就只有大口吃下盤子上的東西。」
「呃，我……我說妳啊……」
「不准頂嘴。」
「噫！」

十香用力拍打了一下士道的臀部。士道突然感到一陣疼痛，發出高亢的哀號。

「好了，像狗一樣地吃吧。」

十香說完，將士道的頭用力往下壓。

於是，坐在士道右邊的六喰正好在這時站起來，蹲到士道的面前。

「妳這女人真是粗魯。郎君，讓妾身來幫你吧。」

六喰如此說完，拿起新的叉子叉起一塊蛋糕送進自己的嘴裡，然後捧住士道的臉頰，發出

「嗯～～」的聲音將嘴脣湊近士道。

「喂、喂，六喰！」

理解六喰打算做什麼的士道不禁大叫出聲。

然而下一瞬間，士道的頭卻突然面向上方，六喰錯失目標的脣觸碰到士道的下巴一帶。

並非士道移開了臉，而是察覺六喰意圖的十香抓住士道的頭髮往上拉。

「妳做什麼？別妨礙妾身。」

「——開什麼玩笑。不是說好了要先施予恩惠才能接吻嗎？」

「哦？我不明白妳所言何意。妾身只是想餵郎君吃蛋糕罷了。」

「正合我意。既然妳違反約定，也無所謂。我只要宰了妳，再讓這個男人屈服於我就好。」

「妳要宰了我？笑話。別笑掉妾身的大牙了。」

「妳這傢伙。」

十香與六喰對彼此發射出嚴厲的視線，似乎能看見火花四濺。

「小姐！這裡是女僕咖啡廳耶！為什麼坐在主人身上呢！」

結果，可能是聽到了喧鬧聲，剛才的女僕走向他們。

「妳這傢伙是怎樣？妳也想趴在地上嗎？」

「十香……！」

士道和折紙低頭不斷道歉後，連忙把十香和六喰帶離咖啡廳。

◇

「——還不知道十香和折紙的下落嗎？」

飄浮在天宮市上空一萬五千公尺的空中艦艇〈佛拉克西納斯〉的艦橋上，坐在艦長席的琴里對船員們發出聲音。

「是的……東天宮周邊沒有發現她們的蹤影！」

「由於她們沒有帶手機，也無法使用GPS定位系統……！」

艦橋下方的船員們一邊操作控制檯一邊回答。琴里一臉不悅地緊咬牙根。

「唔……！」

十香和折紙兩人從五河家消失身影後，已經過了將近兩個小時。儘管在她們消失之後立刻進行搜索，但至今尚未發現兩人的行蹤。

「她們兩個到底是發生什麼事了啊……！」

琴里愁眉苦臉地低吟。

當然，如果兩人只是外出，琴里也不會如此大費周章地進行搜索。她之所以會如此心急，是有理由的。

首先是折紙的變化。

當時，看見突然判若兩人的折紙，琴里以及其他精靈全都嚇了一跳——仔細想想，琴里其實是認識那個折紙的。

沒錯。那是改變世界後，在「這個世界」生活至今的折紙的性格。不知為何，與原本世界的折紙融合在一起的那個人格突然顯現在外——

「唔……」

想到這裡時，琴里突然感到一陣劇烈的頭痛，按住側頭部。

因為她不明白為何自己會理所當然地理解如此重大、令人難以置信的事實，又是什麼人基於何種原因改變了世界。

「這也跟……那個男人有關嗎？」

琴里痛苦地抬起皺成一團的臉呢喃道。

折紙說出的名字。五河士道。和琴里姓氏相同的少年。

現場只有折紙一人知道那個出現在大家面前的男人叫什麼名字。

還有，六喰。據說是一名曾經待在外太空，擁有鑰匙型天使的精靈。

琴里等人完全不認識那個男人以及名為六喰的精靈。〈佛拉克西納斯〉的船員也一樣，就算詢問AI瑪莉亞，她也回答沒有他們的資料。

不過，當中卻只有十香痛苦地按住頭，扭動身軀，然後──和折紙一樣，露出和以往的十香截然不同的表情，抬起頭。

十香一臉疑惑地環顧四周，與折紙四目相交，詢問這裡是哪裡後，便顯現出漆黑的寶劍破壞五河家，然後離去。

沒錯。十香反轉了。

原因目前還不知道，但十香的靈魂結晶突然改變了屬性。

在沒有響起警報聲的狀況下，反轉精靈就此現身。不難想像這代表什麼含意，同時也很在意折紙和十香到底發生了什麼事。而能解開這些疑問的關鍵恐怕在於折紙說出的那個名字──

「……！司令！」

正當琴里思考著這種事情的時候，艦橋下方傳來〈詛咒娃娃〉椎崎的聲音。

「偵測到兩人的反應了！」

「！真的嗎！能看到影像嗎？」

「可以！剛才已經送出自動感應攝影機了，馬上就……」

不等椎崎說完，主螢幕突然顯現出影像。

地點似乎是在市內的一家女僕咖啡廳。在角落確實能夠看見從五河家消失的十香和折紙的身影。

不對——說得更正確一點的話……

「那個男人……還有，那個女孩是……」

琴里皺起眉頭。昨天遇見的男人和一名陌生的少女竟然和兩人待在一起。

緊接著，艦橋的擴音器響起警報聲。

「什……這次又發生了什麼事！」

副螢幕像在回應琴里，顯示出「ＭＡＲＩＡ」這幾個字母。

『——是靈波反應。十香就不用說了，跟她在一起的少女身上也偵測出十分強烈的靈波。』

「妳說什麼……？」

琴里一臉納悶地望向顯示在螢幕上的少女。金髮金眼的嬌小少女。不知為何，看見她的體型

——應該說主要是胸部——總有一種回想起久遠以前受過奇恥大辱的感覺。是不是兩人在前世曾經發生什麼過節呢？

不過，現在不是思考這種事情的時候。偵測到靈波反應，就代表她是——

「妳的意思是……她是精靈嗎？難不成她就是折紙提過的『六喰』？」

『如此推斷比較妥當。另外，從另一名少年身上也偵測到奇特波長的靈波反應。』

「什麼……！」

聽見瑪莉亞說的話，琴里屏住了呼吸。

「等一下。難道那個男的也是精靈？」

『關於這一點，還無法斷言。和普通精靈的靈波有些不同。』

瑪莉亞淡淡卻饒富興味地說道。

「這到底……是怎麼一回事啊……」

琴里表情染上緊張之色，再次望向螢幕。

螢幕中，少年——士道四肢著地，十香坐在他背上，而神祕少女——六喰差一點就要嘴對嘴把蛋糕餵進他嘴裡。

「…………真的是，到底是怎麼回事啊……」

琴里有些困惑地呢喃著，將手抵在額頭。

然後，十香和六喰之間的氣氛似乎十分緊張，流淌著一觸即發的氣息。

這時，折紙介入兩人之間，再加上士道安撫兩人後，一行人便從咖啡廳往其他場所移動。

「！雖……雖然搞不清楚狀況，但不能放著他們不管。總之，先尾隨四人吧！將警戒等級設定到最嚴重！以便隨時啟動！」

「了解！」

聽見琴里下達的指令後，船員們一齊大聲回答。

◇

「…………唔嗯。」

六喰走在路上，一臉不悅地嘆了一口氣。

——從剛才開始，她就無比煩躁，像是有針一直在刺激她的心臟一樣。

不過，那也是理所當然。為了跟士道兩人出雙入對，理應被她「封鎖」記憶的少女，竟然有兩名出現在她面前。

到底出了什麼問題？〈封解主〉的力量是絕對的，十香和折紙不可能還記得士道。

不過，實際上，她們兩人卻出現在六喰面前，妨礙她跟士道約會。這令六喰極為不悅，難以忍受。

離開咖啡廳後，折紙帶領六喰等人造訪城鎮裡各式各樣的約會地點。

電影院、遊樂場、購物中心……不過，每次十香都會妨礙六喰與士道接吻，打斷她的好事。

要說哪一點最令她生氣，就是這些場所如果是和士道單獨一起去，肯定會玩得很開心。

十香和折紙這兩個人的存在一點一滴地剝奪她與士道相處的時間，無非對她造成極大的壓力。

士道是屬於六喰一個人的。他必須只愛六喰一個人，而能愛他的，也只有六喰一人。絕不允許任何人介入他們兩人之間。

由於不想被十香和折紙挖苦，所以從剛才起她便裝作一副穩操勝券的模樣來對待她們，但她快要撐不下去了。因為六喰的內心現在正如滾燙的熱水般沸騰不已。

這兩人的存在讓自己和士道單獨相處的時間越來越少。

士道對六喰以外的人說話、做出反應、笑容可掬。

本應是朝向六喰的聲音、話語、笑容，逐漸被人奪去。

一想到這裡，六喰便不禁有股想要抓撓自己皮膚的衝動。

「……這究竟是怎麼回事？」

六喰發出誰也聽不見的細小聲音呢喃，並且啃咬大拇指的指甲。

其實她很想立刻將〈封解主〉刺進兩人的腦袋，封鎖她們的記憶。

不過，折紙倒也就罷了，但十香對六喰有所防備，事情不可能一帆風順。況且，她不明白為何〈封解主〉的力量對這兩人沒有效用。在不知道原因的情況下再次封鎖記憶，兩人很可能又若無其事地出現在六喰和士道面前。

搞不好就像士道在外太空曾經做過的那樣，還有其他能夠複製〈封解主〉力量的天使存在。

如此一來，也難怪那兩個人會想起士道。

不過若真是如此，為何其他少女的記憶依然被「封鎖」住？不對，搞不好所有人都已經恢復記憶，正在擬定對策，想把士道從六喰身邊奪走……

「——那個，呃……那麼，接下來去這裡吧。」

正當六喰思考著這種事情的時候，帶領三人的折紙停下腳步，說出這句話。

看來似乎抵達六喰和十香搶奪士道的下一個戰場（約會地點）了。

六喰不耐煩地皺起眉頭，望向折紙指示的方向——

「——……！」

不禁倒抽了一口氣。

心臟「怦通」收縮了一下，呼吸越來越急促。

就連她自己也不知道為什麼會這樣。不過，當她目睹聳立在眼前的物體的瞬間，一股異樣的悸動朝她襲來。

位在前方的——

是一座尖塔形狀的巨大建築物。

「……嗯，這的確是約會的地點啦。」

離開咖啡廳後，士道仰望折紙指示的建築物，如此說道。

位於士道一行人眼前的是一座高聳入天的尖塔——通稱天宮塔，三十年前發生南關東大空災之後，新建立的綜合電波塔。

內部設有瞭望台，尖塔周圍林立著各式各樣的商業設施。人們也將它視為觀光地，據說每到假日，這裡便充滿情侶和家庭，人聲鼎沸。

「……我再次感受到天宮市真的充滿各式各樣的東西呢。」

「嗯。因為三十年前的大空災曾經將天宮市夷為平地嘛……雖然舊時的街景不多，但有許多新的設施。」

折紙回答士道。

於是，盤起胳膊的十香用手指敲著手肘，望向折紙。

「所以，這座塔有何特色？」

「啊……這個嘛，傳說在這座塔的瞭望台接吻的情侶會得到幸福，應該算是都市傳說啦……我認為正好適合當作這次比賽的舞台……」

「無聊至極。」

十香嗤之以鼻，抬起頭仰望尖塔。

「不過，也罷。要讓那個男人心悅誠服，地點只是細枝末節的問題。你就盡量選擇想跪趴在地的場所吧。」

……她好像還有什麼誤會。士道和折紙對看了一下，發現彼此的臉上都冒出汗水。

在這段期間，十香已經拖著沉重的腳步向前進。依她現在的狀態，放她一個人實在太危險，士道和折紙連忙追了上去。

「嗯……？」

就在這個時候，士道回頭望向後方。

理由很單純。因為先前一直形影不離跟在士道身邊的六喰還佇立在原地。

「六喰？妳怎麼了？」

「…………不要。」

「咦？」

六喰輕聲說了些什麼。士道一臉疑惑地反問。

「……不要。我不想去。我厭惡……此地。」

「六喰……？」

看見六喰非比尋常的模樣，士道不由得皺起眉頭。

直到剛才為止——連十香和折紙出現時，都沒有表現出任何動搖的六喰，如今卻連旁人都明顯看得出她臉色有異。不對……不僅如此，甚至可說她在害怕。

「喂、喂，妳還好嗎，六喰？」

她的情況實在令人感到憂慮，士道探頭窺視她的臉龐。大概是察覺到不對勁，先往前走的十香和折紙也停下腳步，回頭望向後方。

「究竟發生了什麼事？」

「六……六喰？」

士道將手搭上六喰微微顫抖的肩膀，望向折紙和十香。

「我也不太清楚，但六喰好像不喜歡這裡。可以去別的地方嗎？」

「是嗎？我想想，那去其他——」

「那就代表妳認輸了是吧？」

十香發出冷漠的聲音打斷折紙說話。士道感覺六喰的肩膀微微抽動了一下。

「我可無所謂。說到底，和妳一決勝負之事也只是順便。妳只要默默地看著我征服那個男人就好。」

「……少口出……戲言了！」

六喰露出銳利的視線瞪視十香，隨後一步一步踏穩腳步，緩慢地向前進。

「喂……六喰，不要逞強喔。」

「……沒問題。妾身絕不把你交給那女人。」

即使臉色蒼白，六喰依然硬著頭皮前進。

士道與折紙一臉擔憂地對看，但似乎已經難以阻止了。兩人和六喰一起追在十香身後。

進入設置在塔下的建築物買完票，搭乘電梯上瞭望台。

這段期間，六喰的臉依然毫無血色……她到底怎麼了呢？

不久後，電梯抵達目的地。士道拉著腳步沉重的六喰的手，走出電梯。

瞭望台內部格局非常寬敞，大型電梯坐陣在中央，外牆則是玻璃帷幕。裡面還能看見販賣伴手禮的店和小型咖啡廳，以及祭祀月老的簡易神社。說是瞭望台，的確也不只是單純眺望景色的場所。

「哦。」

十香輕聲低喃後，走向街景擴展在眼前的窗戶。折紙急忙追在她後頭。

相反的，六喰的狀態越來越惡化。
「六喰，妳還好嗎？」
「……嗯。無妨。」
六喰裝腔作勢地點了點頭，故意挺直背脊，邁開腳步。不過看在士道的眼裡，那不過是虛張聲勢。
「我說，六喰，妳到底怎麼了？是怕高嗎？」
士道憂心忡忡地詢問。雖然不認為曾經飄浮在外太空的精靈會有懼高症，但畢竟當時是處於鎖上心房的狀態，現在的六喰害怕什麼東西，又另當別論了。
然而，六喰緩緩地搖搖頭。
「……非也。只是……不知為何，我討厭這裡。」
「討厭嗎……？六喰，妳該不會來過這裡吧？」
「……！」
士道說完，六喰肩膀顫抖了一下。
「……不知道。不復記憶了。」
「這樣啊……」
就在這個時候——

「——原來如此。與在天空中飛翔時看到的感覺不同呢。哼。」

貼在窗戶上的十香轉身，面向這裡。

「那麼，再次展開勝負，看誰先吻到那個男人的脣吧。」

「那……那個，十香，我想妳應該明白，就像剛才我說明的那樣……」

「我明白。只要留下那傢伙的手腳，籠絡他就行了吧？」

「妳根本不明白啊！」

「說笑的。來吧，鑰匙精靈，我要粉碎妳的自尊。」

十香狂妄地如此說道，伸出雙手比出剛才學會的愛心形狀。總覺得……她好像把這個動作誤會成是什麼戰鬥姿勢或是必殺技。

六喰儘管步履蹣跚，還是向前踏出一步回應：

「……好啊。我要讓妳明白，妾身與郎君之間並無妳趁虛而入的機會——……！」

不過就在這個時候，六喰像是突然頭暈目眩，感到作嘔般，按住腹部和嘴巴，將身體彎成く字形。

「六……六喰！」

「六喰！」

在觀光客的嘈雜喧鬧聲中，士道和折紙急忙奔向六喰。

◇

「六喰，妳還好嗎？」

「…………嗯。」

六喰在女廁中被折紙撫摸著背，無力地回答。

腦袋至今仍轟轟作響，每隔數秒便湧起一股宛如鐵球撞擊腹部的嘔吐感，但比剛才好一點。

六喰端正姿勢後，深深呼吸了一大口氣，調整呼吸。

……連她自己也不清楚自己為何會如此抗拒這個地方。

原本懷疑是什麼結界或武器之類的東西所導致，但如果是這樣，應該也會對其他人造成影響才是。為什麼只有六喰如此難受……

（——六喰，妳該不會來過這裡吧？）

就在此時，剛才士道提出的疑問掠過她的腦海。

由於六喰的記憶還處於被封鎖的狀態，想不太起來以前的事情，搞不好她曾經造訪過這個地方，在這裡發生了什麼討厭的事情。

當然，〈封解主〉的力量是絕對的，但或許在士道開啟她的心鎖時，記憶之鎖也不小心鬆動了。而且，也難以斷言身體不會記住某種事情，因而產生反應。

既然如此，只要用〈封解主〉開啟自己的記憶之鎖，或許就能知道原因和對策——

「…………」

不過，當她舉起右手想顯現出〈封解主〉的時候，嚥了一口口水。

不知為何，身體產生強烈的抗拒感束縛住她的行動。

她有一種若是打開記憶之鎖，自己的心可能會毀壞的預感，讓她產生嚴重的忌諱，因此停止動作。

「……六喰？」

可能是對六喰的舉動感到納悶，折紙如此詢問。

六喰再次深呼吸後，回答：

「……何事？」

「呃，那個，只是想問妳還好嗎。」

「沒問題……返回郎君的身邊吧。」

「啊，嗯……」

六喰邁開緩慢的步伐行走後，折紙憂心忡忡地如此說道，跟隨在她後頭。

「…………」

六喰回想起剛才折紙撫摸自己背的觸感，突然停下腳步。

「……妳名為折紙是嗎？」

「啊，嗯。」

「我再次『封鎖』妳的記憶時，會比對那個黑色女人來得溫柔一點。」

「咦？」

聽見六喰說的話，折紙回以感到意外的聲音。

「呃，那我……該說謝謝妳……嗎？」

「……唔嗯。」

六喰輕輕從鼻間發出聲音後，沒有望向折紙，就這麼走出廁所。

「六喰那傢伙，到底怎麼了啊……」

士道在天宮塔的瞭望台上，面有難色地自言自語。

這也難怪。因為直到剛才還若無其事的六喰一踏進這座塔後便臉色蒼白，突然蹲在地上。

即使她是「封鎖」大家記憶的危險精靈，畢竟還是保護對象，會擔心也是理所當然。

況且——

「…………」

士道瞥了一眼身旁——臭著一張臉，交抱雙臂的十香。

「你這傢伙，有何貴幹啊？」

結果十香眼尖地察覺，回以鋒利的視線。士道抖了一下。

「……！沒……沒事……」

沒錯。由於折紙陪六喰去廁所，必然會形成這樣的構圖，但是……老實說，從剛才起，四周便瀰漫著濃烈的緊張感。

可能好歹理解這是一場競賽，十香像這樣老實地等待，但若是基於什麼理由大鬧一場，士道沒有辦法壓制住她，也難怪他會如此緊張。

「…………」

不過仔細想想，能像這樣面對反轉精靈也挺不可思議的。士道至今遇過的反轉精靈，包含十香在內，共有三人。每一個人在反轉的同時便會不分青紅皂白地進行攻擊，因此士道幾乎沒有和她們好好交談過。

「喂。」

正當士道思考著這種事情的時候，十香突然開口。

「！什……什麼事？」

「從剛才——不對，從以前起我便十分在意了，你們所謂的『十香』，是我的名字嗎？」

十香對士道投以冰冷的視線，如此說道。

面對意料之外的疑問——雖然比起內容，她主動攀談更令人驚訝——士道一雙眼睛瞪得老大，點頭稱是。

「是啊……沒錯。」

「我——不對，是另一個我自己取的嗎？」

「不是。是我……取的。」

「…………」

士道老實地回答後，十香便一語不發地用力踩了士道一腳。

「好痛！妳……妳幹嘛突然踩我啊……」

「就是想踩你。」

「咦咦……」

士道愁眉苦臉地抬起頭，繼續說：

「……妳有其他名字嗎？」

「沒有。所以，雖然情非得已，喚我十香無妨。」

「這樣啊。那麼，十香。」

士道呼喚她的名字後，她再次用力踩了士道一腳。

「為……為什麼啦……」

「就是想踩你。」

「…………」

士道想重新打起精神似的乾咳了一聲後，繼續說：

「……欸，十香，妳到底是什麼人？反轉又是怎麼回事？說到底，精靈這種存在……」

「反轉……嗎？從另一個我變成現在的我，你們稱這種現象為反轉是吧。」

「嗯……算是……吧。」

士道回答後，十香從鼻間哼了一聲，接著說：

「──我不喜歡這個說法。追根究柢，我才是靈魂結晶的化身精靈。」

「咦……？妳……妳這話是什麼意思？」

士道露出困惑的表情詢問。

以前十香反轉的時候，琴里曾經簡單向他說明過這個現象。

不過，〈拉塔托斯克〉也尚未完全掌握全貌，當時的說明是根據片斷的資訊和推斷而歸納出來的內容。

十香一臉嫌麻煩地皺起眉頭回答：

「初始精靈分割自己的力量創造出靈魂結晶時，屬性正是你所謂的反轉狀態。不過，初始精靈將它變化成如今的狀態。也就是說，前提正好相反。」

「怎麼會，為什麼要這樣做……？」

「大概是為了讓它們的形態更適合這個世界的人類吧。靈魂結晶原本就不屬於現世，若是以原本的狀態，會嚴重腐蝕人類的身體。」

「什麼……？」

聽見十香若無其事吐出的話語，士道的表情染上困惑之色。

「等……等一下，我思緒跟不上。初始精靈將靈魂結晶改變成更適合人類……？這是什麼意思啊！」

士道不由自主地當場站起，抓住十香的肩膀追問她。

十香不悅地皺起臉孔，伸出左手揪住士道的前襟向上提。

「唔……啊……！」

「少得意忘形了，人類。我會跟你說這些是我一時興起，並不是你要我說，我就得說。」

十香露出銳利的視線，加強手的力道。

「哼，真弱。乾脆就這麼直接親吻你吧。要贏那個臭女人，還是這樣最快。」

十香說完伸出另一隻手，勾起士道的下巴，慢慢將臉湊近。

「喂、喂，十香……！」

士道不禁發出哀號。

於是，十香哼了一聲，覺得無趣地撇開臉。

「——誰會真的吻你啊，蠢東西。在你尚未對我心悅誠服之前，這麼做毫無意義。」

然而，就在這個時候——

「——啊啊啊！」

傳來這樣的喊叫聲同時，眼角餘光閃過一道影子，隨後十香鬆手，士道掉到地上。

「……！咳、咳……！」

他不斷咳嗽，並且抬起頭後，看見六喰站在他眼前。她的表情凌厲，手中握著鑰匙型天使〈封解主〉。

「妳居心何在，竟然對郎君下手……！」

「……哼，輪不到妳插嘴。」

十香不耐煩地說道，對六喰投以冷酷的視線。

「妳說什麼……！」

不過，六喰毫不畏懼——反而有如被烈火灼燒，表情染上憤怒之色，像剛才十香對士道做的那樣，一把揪住十香的前襟。

「等……等一下，六喰！我沒事——」

士道急忙阻止六喰。不過，六喰不予理會，射出殺氣騰騰的視線瞪視十香。

「你想把郎君從我身邊奪走吧？想奪走我愛的人、愛我的人對吧？」

「胡扯什麼。煩死人了，給我放開。」

十香不悅地皺起臉，伸出右手比出手刀的形狀，迅速揮下。

六喰的臉頰劃過一道細痕，劉海斷了一撮，飛舞在空中。

「————」

六喰屏住呼吸，將手抽離十香的前襟。

不過，那似乎不是因為害怕十香的攻擊。她沒有擦拭滲血的臉頰，而是怔怔地凝視緩緩飄落地面的金髮。

「啊——啊，啊……」

六喰瞪大雙眼，聲音發抖。

然後——

「——妳這……傢伙啊啊啊啊啊啊啊！」

下一瞬間，士道的眼前突然一亮，隨後十香被震飛，撞破瞭望台的玻璃，躍上天空。

「……！嗚哇……！」

面對胡亂飛舞的玻璃碎片，士道不禁縮起身體，但他立刻抬起頭。

——瞭望台內瞬間被混亂與動搖支配。周圍的觀光客發出驚聲尖叫，一窩蜂衝向電梯。

不過，這也難怪。畢竟玻璃大規模碎裂，一名少女被震飛窗外——

再加上少女和轟飛她的少女兩人竟然若無其事地站在瞭望台的外牆。

「妳這傢伙。」

「——無法原諒……無法原諒、無法原諒、無法原諒……！」

十香和不知何時手上顯現出天使〈封解主〉的六喰在瞭望台的外牆上對峙。

雙方宛如無視地心引力，垂直站在牆面上。

不過，兩位當事人對這非比尋常的事態感到再自然不過，彼此散發出殺氣騰騰的氣息。

「妳切斷了……我的頭髮，郎君，還有××……稱讚過的……我的……頭髮——」

六喰惡狠狠地瞪著十香，高聲說道。

說話的同時，閃閃發光的光粒逐漸纏住六喰的肌膚，形成發出淡淡光芒的衣裳。

——靈裝。精靈穿著的絕對鎧甲，亦是堡壘。

「……！六喰！住手！十香不是故意的——」

士道慌慌張張地大喊。不過，六喰聽不進去，加強握住〈封解主〉的手的力道。

然後，將〈封解主〉的前端刺進自己的胸口。

「什麼……！」

「〈封解主〉——【放(Shifururu)】！」

六喰轉動〈封解主〉。

於是那一瞬間，六喰的靈裝閃耀出光芒——逐漸改變形狀。原本優美的輪廓壓縮成尖銳狀，變成反映出六喰憤怒的樣貌。

同時，她手中的〈封解主〉也變化成別的姿態。原本形狀如錫杖的天使，轉變成巨大的長戟模樣。

若是將先前的靈裝與天使比喻成遠離凡塵的仙女，那麼如今的姿態則宛如蠻橫粗暴的猛將。

並非靈魂結晶反轉。可是，從六喰改變姿態的瞬間開始，她便釋放出震動周遭空氣的濃密靈力。

「這……這是……！」

「六喰！」

士道和從後方奔馳而來的折紙不約而同地發出聲音。

「哦……？」

不過，其中有一人興致勃勃地瞇起雙眼。是十香。

「——好吧。接吻競賽到此結束。果然還是如此較為簡單明瞭。」

然後，十香露出狂妄的笑容，伸出右手在空中描繪出一個弧形。

下一瞬間，黑色的靈裝便覆蓋住十香的身體，而她手中則是握著魔王〈暴虐公〉。

「我絕對、絕對饒不了妳。我要讓妳灰飛煙滅，甚至不留一絲痕跡地消失在這世上！」

「好啊，放馬過來吧。我要讓妳人頭落地。」

六喰和十香——

擁有強大力量的精靈與反轉精靈針鋒相對。

第十章 鑰匙與劍

〈佛拉克西納斯〉艦橋的主螢幕上顯示出天宮塔瞭望台的玻璃帷幕碎片四散的同時，擴音器響起震耳欲聾的警報聲。

「……！這是——」

「偵……偵測出兩道強力的靈波反應！其中一道的數值顯示為E等級！」

「妳說什麼……！」

聽見〈保護觀察處分〉箕輪說的話，琴里皺起了眉頭。

靈波反應，E等級。換句話說，那是擁有與普通精靈屬性不同的靈力之個體——反轉精靈所釋放出來的反應。

不過，唯獨現在，琴里早已預料到會偵測出這道靈波反應。因為反轉的十香現在應該位於那座瞭望台內部。

不對——說是內部，已經不適當了。

因為主螢幕上顯示出悠然站在玻璃牆面上，長髮隨風飄逸的兩名精靈。

「……！」

正當琴里的注意力被主螢幕吸引時，艦橋再次響起聲音。

散發出危險氣息的尖銳警報聲。

不過，這並非從艦內傳來，而是因為偵測到兩人強烈的靈力所發出的空間震警報。

通常空間震警報會在偵測到存在於鄰界的精靈現身在這個世界，造成空間震動時才發布，但想必國家——ＡＳＴ也無法放過這異常的靈波數值吧。

人影急速從街上消失，所有人匆忙前往附近的避難所避難。

「唔……」

琴里用眼角餘光看著顯示出避難畫面的副螢幕，愁眉苦臉地緊握拳頭。

〈拉塔托斯克〉是以拯救精靈為目的的組織，不可能放著這樣的緊急事態不管，冷眼旁觀。

不過，現在琴里的腦海裡卻想不出要用什麼具體的方法來反轉這個狀況。

只要用〈佛拉克西納斯〉的裝備或搭載的CR-Unit，或許能壓制惹事生非的精靈。但是，這樣跟ＡＳＴ或ＤＥＭ有什麼兩樣？之後如果不想辦法解除精靈的力量，問題就永遠不會解決。

然而，只靠顯現裝置的力量不可能封印住精靈的靈力。如此一來，琴里他們至今是如何——

「唔……！」

——缺少了什麼。琴里的腦袋突然一陣刺痛，令她皺起了臉。

宛如少了一片拼圖的感覺。而且，那幅拼圖上描繪的是複雜的迷宮，少了一片拼圖，路線便會亂七八糟。

「！司令！」

就在琴里的思緒得不到解答，繞不出死胡同的時候，艦橋上突然傳來船員的喊叫聲。

在瞭望台牆面對峙的兩人蹬了一下地面——不，是牆面後，轉瞬間逼近彼此，展開無視重力的戰鬥。

一名是身穿黑色靈裝，手握單刃劍的反轉精靈——十香。

而另外一名則是飄散著金色長髮，手持前端變成鑰匙形狀的戟的精靈——若是相信折紙所說的話，她是六喰。

雙方四射出異常等級的靈力，奔馳於牆面上，劍戟相接。每交手一次，靈力的餘波便接連不斷地破壞瞭望台的玻璃，閃閃發光的碎片四散於空中。

「……總之，不能袖手旁觀。必須多少減輕周圍的損害——」

琴里正要對船員下達指示時，停止話語。

因為突然響起表示外部回路要求通訊的警報聲。

「通訊……？哪裡打來的？」

「一般回路——是鳶一折紙的手機打來的。」

「你說什麼……?快接通!」

琴里說完後,擴音器便響起沙沙的雜訊聲,之後傳來折紙的聲音。

『琴里……!我是鳶一!』

「折紙!妳之前到底是在做什麼啊?十香……還有那個精靈是誰?」

『對不起,我待會兒再說明……!沒有時間了!請幫幫我!我沒有辦法阻止她們!可以用〈佛拉克西納斯〉的隨意領域多少壓制那兩人的行動嗎?』

「我想……應該是辦得到,但是不可能徹底壓制住那種等級的精靈,頂多只能讓她們感到身體變沉重而已。光是這樣——」

琴里話說到一半,擴音器再次傳來聲音。

——並非折紙,而是男人的聲音。

『那之後的事情,就交給我處理……!』

「什麼……」

琴里驚愕得瞪大雙眼。

對折紙的手機突然傳來預料之外的男性聲音,以及——聽見那道聲音而莫名安心的自己感到吃驚。

「你……你在說些什麼?話說你——」

『沒有時間詳細解釋了，但我有一個能阻止她們的方法。所以，拜託妳，相信我，助我一臂之力好嗎……！』

「…………」

聽見男人苦苦哀求般的聲音，琴里沉默了片刻。

然後——

「……在十香和六喰的戰鬥領域展開隨意領域！同時發射〈世界樹之葉〉！降低對周圍的損害！」

「司令！」

艦橋上傳來船員深感意外的聲音。不過，這也無可厚非。縱然有折紙提出請求，但琴里相信了陌生男子所說的話。

然而不知為何，琴里覺得自己會做出這種決斷和說出這種話是再「自然」不過的事情。彷彿經歷過無數次這樣的過程、無數次命令他去做危險的事、無數次——答應他荒唐的請求。

琴里豎起嘴裡含著的加倍佳糖果棒，翻動披在肩上的外套，說了：

「少廢話，照做就是了——開始我們的戰爭吧。」

「結……結果怎麼樣，五河同學？」

折紙神情不安地探頭窺視士道的臉龐。士道點點頭回應她，將借來的手機還給她。

「嗯，她答應幫忙了。」

「！真的嗎？太好了……」

「是啊……真的太好了。還好有妳從中斡旋。」

士道說完後，折紙搖了搖頭。

「不是的，沒這回事。因為是你說的話，才打動了琴里。」

「可是，琴里現在又不記得我……」

折紙再次搖搖頭。

「她或許真的不記得你了，但一定跟失去記憶無關，這種時候就是會心有靈犀，因為你們是兄妹啊。」

「是這樣嗎……」

士道搔了搔臉頰苦笑後，吸了一大口氣，拍了拍臉頰重振精神。

「不過，這下子終於站上起跑線了。必須想辦法阻止六喰和十香才行。我不知道六喰的好感度數值是多少，也不確定在記憶被封印的狀態下吻十香，她會不會變成原來的十香，但是……只能賭一把了。」

士道緊握拳頭，面向折紙，凝視她的雙眼。

「……拜託妳，折紙。我一個人沒辦法同時應付兩個人……妳可以助我一臂之力嗎？」

「五河同學……」

於是，折紙面帶微笑地點點頭。

「那還用說嗎？要是我讓你一個人上戰場，之後可是會被『我』罵得狗血淋頭的。」

折紙如此說道後，十指交握轉過身背向士道，接著說：

「而且……我很開心你願意依賴我，讓我跟你一起並肩作戰。因為女孩子並非只有被人保護才是幸福。」

「折紙……」

士道呼喚折紙的名字，折紙便轉過頭瞥了士道一眼，露出戲謔的微笑。

接著從口袋拿出類似銀色軍牌的東西舉到額頭的高度，軍牌因此發出金屬碰撞的聲響。

「認證，鳶一折紙。展開——〈布倫希爾德〉。」

於是下一瞬間，折紙的身體發出淡淡的光芒，裝備著曲線優美的金屬鎧甲。

CR-Unit。將奇蹟般的技術——顯現裝置的效力發揮到極致，適合應用在各種戰術上的裝備，更是人類能與精靈交戰的唯一力量。

而且不只如此。折紙身穿的CR-Unit〈布倫希爾德〉的周圍顯現出宛如婚紗的純白靈裝。

「那副模樣是——」

「——呵呵。你又再次愛上我了嗎，五河同學？」

折紙打趣地說完，又害羞得染紅了臉頰。

「呃，那個，我沒有別的意思。」

「沒關係啦，哈哈……」

士道看見折紙可愛的反應，不禁會心一笑後，立刻露出銳利的視線。

「——走吧，折紙。」

「嗯……五河同學。」

說完——

兩人同時踏上戰場。

◇

——街上響起震耳欲聾的警報聲。

七罪望著趕往避難所的人潮，一臉疑惑地皺起眉頭。

「……空間震警報？所以說……」

「該不會……是十香她們吧……？」

四糸乃發出不安的聲音回答七罪。

雖然不想往這方面猜想，但可能性十分高。七罪點點頭表示同意。

在十香和折紙失去蹤影之後，七罪一行人便走遍大街小巷，尋找個性一百八十度大轉變，判若兩人的十香和折紙。儘管琴里對大家說包在她身上，但沒有一個精靈耐得住性子乖乖等待。

雖然不明白那兩個人究竟發生了什麼事，但事態明顯非同小可。

不知為何態度變得比平常圓滑的折紙倒也就罷了，問題在於十香。她突然痛苦地頹坐下來，下一瞬間卻散發出不祥的氣息抬起頭。

那似乎是和二亞當時發生的狀況一樣，一種名為反轉的現象。雖然不知道是什麼原因造成她反轉，但那是——

「好耶！七果！」

正當七罪思考著這種事情的時候，突然傳來這樣的呼喚聲。會這麼稱呼自己的只有二亞。

七罪朝聲音來源望去，便看見二亞還有其他外出搜尋十香她們的精靈齊聚在一起。看來是在到達這裡前事先會合了。

「怎麼了，找到了嗎？」

「沒有。不過聽說天宮塔那邊發生爆炸的樣子。我們去看看吧。」

說完，二亞便指向與人流相反的方向。

七罪與四糸乃四目相交後，點了點頭。

◇

「喝啊啊啊啊啊！」

「少狂妄了——！」

鑰匙天使與寶劍魔王屢次交手。

每一次交手，一擊一擊中蘊含的靈力便互相撞擊，閃光和衝擊波宛如小型炸彈爆炸，朝四周噴濺。

不僅如此，外型從錫杖轉變為戟的鑰匙天使〈封解主〉不定期地產生超小型的「門扉」，從十香的死角陸續發動攻擊。

那是凡人連刀光劍影都捕捉不到的神速世界。不——甚至連普通的精靈都無法與自己交鋒到這種地步吧。被喚作十香的她暗自有些讚賞自己的對手。

恐怕是事前用〈封解主〉「封鎖」住靈力，短暫「開啟」潛在能力吧。宛如讓緊閉的花蕾盛開的美麗昇華。以純粹的殺意和敵意武裝的必滅之戟。

十香和六喰腳踏的瞭望台玻璃因兩人的戰鬥餘波，接二連三地破碎四散。十香翻了一個身，移動到瞭望台更上方——鐵塔的部分。

「妳打算留我一個人嗎？又打算讓我孤身隻影嗎？」

六喰絲毫沒有減輕攻擊，發出呻吟般的吶喊。

「殺、殺！想要奪走我郎君的傢伙，一律殺無赦……！」

「哼，那妳就別在那邊亂吠，有種刺穿我的身體啊，鑰匙女。前題是，妳辦得到的話。」

「用不著妳說……！」

彷彿在呼應十香的聲音，六喰舉起〈封解主〉。

就在這個時候，十香的身體湧起一股奇妙的感覺。

宛如陷入一灘無形黏液之中的感覺。身體沉重不已，手腳難以動彈。

「……怎麼回事？」

一瞬間，十香以為是六喰幹的好事，然而——並非如此。因為六喰也表現出一副感到身體不對勁的樣子，皺起眉頭，對十香投以「妳動了什麼手腳」的視線。

犯人恐怕另有其人。大概是人稱士道、折紙的那兩個人……或是他們的伙伴。

即使如此，依然無損十香的目的。她要做的只有一件事，那就是打敗站在眼前的敵人。

「受死吧！」

想必六喰的想法也跟十香一樣。只見她朝空中蹬了一下，加快速度，連續不斷刺出〈封解主〉。十香吐了一口長氣後，拍打〈封解主〉的把手，一一擋開刺擊。

「……唔？」

不過，十香在攻防戰中微微皺了眉。

六喰的每一擊確實都帶有必殺的威力。

但該怎麼說呢？十香的直覺告訴她——六喰沒有打算以這次的攻擊分出勝負。

行動遭到妨礙這一點，十香也一樣，六喰不可能放過這個致她於死地的機會吧。真要說的話——沒錯，感覺像是小心翼翼地為了使出「殺手鐧」而鋪路。

就在十香思考著這種事情的時候，六喰微微改變了她的攻擊方式。加重手中的力道，以剜挖人體之勢將〈封解主〉使勁刺向十香。

不過，太魯莽了。十香扭轉身軀，在千鈞一髮之際避開了那一擊。

然而，下一瞬間——

「〈封解主〉——【開】！」

六喰轉動被十香閃開的〈封解主〉後，十香背後的空間便產生一扇「門扉」。

「——！」

剎那間，十香以為背後會遭到什麼攻擊，然而——並非如此。

那扇「門扉」呼吸般開始急速吸收四周的空氣。

站在鐵塔的十香身體向上飄浮，被拋向天空。恐怕「門扉」的另一端連結的是氣壓差異較大的空間。

不過，六喰本身也不認為靠這招就能吸走十香吧。這終究只是為了讓她產生一瞬間破綻——

「【開】！」

此時響起六喰的聲音，打斷了十香的思緒。

下一瞬間，十香的頭上開啟了一扇巨大的「門扉」，從中落下直徑約有一百公尺，包含鐵、石材、木材在內的塊狀物。

「嘖——」

大概是什麼建築物吧。十香擺出將〈暴虐公〉的劍尖指向側下方的姿勢，朝建築物揮去。

劍光一閃。巨大的塊狀物上劃過一道線，一分為二，避開十香，朝地面墜落。

不過，就在這個時候——

「〈封解主〉——【解(Heresu)】！」

十香和與她擦身而過的建築物之間開啟了一扇「門扉」，隨後從中刺出鑰匙形狀的戟。

「——」

十香還處於才剛釋放出劍擊的姿勢。即使在岌岌可危的時候翻身閃避，還是慢了半拍。

〈封解主〉貫穿十香的靈裝下襬後，直接刺進墜落的建築物的一部分。

然後——

「什麼……？」

十香不由得皺起眉頭。

因為〈封解主〉刺入的巨大建築物以及十香身穿的靈裝在剎那間消失。

不是被劈開，也不是被吸進「門扉」之中——而是當場煙消霧散。

話雖如此，也沒有時間讓十香悠哉地思考。因為「門扉」逐漸擴大，〈封解主〉的主人六喰從中出現，對十香展開突擊。

「喝啊！」

「竟然使出這種怪招……！」

十香擋下〈封解主〉的攻擊，利用反作用力脫離現場。

直接降落地面，再次顯現剛才被消除的靈裝。

但並非完全恢復原狀。即使是精靈，要形成絕對堡壘靈裝需要花費相當大量的靈力。曾經顯現出的靈裝沒有還原成靈力而消失，無非是表示靈力的總量減少了。

「…………」

十香謹慎地監視著六喰的舉動，感受到纏繞在自己身上少量的靈子殘渣。

「構成靈裝的靈子還殘留在空氣中，看來並非——消失了。應該是分解……用那把鑰匙解除分子或靈子的結合吧。原來如此，這就是妳的殺手鐧嗎？」

「………」

六喰沉默不語，降落地面，與十香四目相交。

不過，十香沒有理會她，舉起〈暴虐公〉。

因為現在站在她眼前的是值得她做出這種舉動的對手。

即使思考和行動都充滿了殺意，但稱得上本能的部分卻冷靜地尋找對手的破綻。就好比——

沒錯，冷靜地在發狂。

「——哼。看妳長得一副幼童的模樣，沒想到竟如此驍勇善戰。」

十香淺淺一笑，將〈暴虐公〉的劍尖指向她可敬的敵手。

不過，當兩人就要再次交手的時候——

「妳們兩個，給我等一下！」

「拜託妳們，冷靜一點！」

士道和折紙突然現身，阻擋在兩人中間。

十香一臉不悅地咂了嘴，重新握緊〈暴虐公〉的劍柄，打起精神。

「你們要妨礙我嗎……也罷。反正我要將你們全部打倒！」

十香高聲吶喊，將〈暴虐公〉一揮而下。漆黑的劍氣描繪出新月形狀，朝六喰和站在她面前的兩個人延伸而去。

不過，身穿金屬鎧甲和純白限定靈裝的折紙翻轉手中的長槍後，其前端集結黑色的靈力，擋開十香的斬擊。

「……什麼？」

看見這出乎意料的現象，十香瞇起雙眼。

她並非對折紙擋下剛才的一擊感到吃驚。如今十香被一股無形的力量制限住行動，所以她釋放出的劍擊原本就沒有使出全力，擁有精靈之力的折紙能擋開那記攻擊也不足為奇。

但是，現在折紙手持的長槍上所纏繞的分明是和十香同種——也就是所謂的反轉體靈力。

她從現在的折紙身上感受到的是普通的靈力，以及與目前籠罩在十香和六喰身上的靈力類似的人工力量。

那把長槍前端集結的恐怕是飄散在周圍的靈力吧。如此一來，也難怪她剛才發射出來的力量會如此強勁。畢竟這一帶充斥著剛才被六喰分解的靈裝濃密靈子。

「哼……你們這些傢伙——」

十香露出鋒利的視線，高舉〈暴虐公〉，朝地面一蹬。

「——總是讓我感到驚喜呢！」

「……！來了！五河同學，快封印六喰的靈力！」

折紙如此吶喊，讓長槍前端纏繞著黑色靈力，擋在士道的面前，保護他不受十香攻擊。

身穿黑色靈裝的十香與身穿純白靈裝的折紙兵器相接，僵持不下，飛往高空。

六喰從地上仰望著那幅情景，嘴裡喃喃自語：

「殺……殺。想奪走郎君之人皆為仇敵。我……我討厭孤單一人——」

「六喰！」

「……！」

突然聽見有人呼喚名字，六喰赫然瞪大了雙眼。

「——郎君。」

沒錯。站在六喰面前的，正是五河士道本人。

「郎……郎君。郎君，你放心。妾身立刻讓那個黑色女人回歸空無。如此一來——」

「六喰！」

士道抓住六喰的肩膀打斷她，再次呼喚她的名字。看見他拚命的模樣，六喰不禁嚇了一跳。

「郎君，你這是怎麼了？接下來交給妾身便可。」

「不行……不可以，六喰！不要再做這種事了。我不希望十香消失，或是折紙忘記我是誰……！她們兩人……不對，每一個人我都非常重視！」

「……！」

聽見士道說的話──

六喰抽搐般呼吸困難。

不過，士道沒有察覺六喰的狀態，繼續說道：

「為什麼……為什麼啊？告訴我，六喰，為什麼妳會如此排斥大家？」

士道真心誠意地詢問她。

六喰從喉嚨發出顫抖微弱的聲音。

「──為何？」

「咦？」

「郎君為何口出此言？你……喜歡妾身吧？妾身也喜歡你。既然如此，不就好了嗎？可是為何！為何你要說這種話！」

六喰淚眼婆娑，接著說：

「我不要！我討厭孤單一人……！誰都不能搶走──」

「──十香！折紙！」

就在這個時候——

某處傳來這樣的聲音打斷六喰。

「那……那兩個人為什麼打起來了啊……！」

「呀！不好了！」

「————」

往聲音來源望去，便看見不知何時來到這裡的六名少女的身影。

理應被六喰「封鎖」了記憶的精靈們全都抬頭仰望著在空中交戰的十香和折紙，露出困惑的表情。

「啊——」

看見她們的身影，六喰感到自己的心臟「怦通」收縮了一下。

「妳們……連妳們也……妳們每個人都想從我身邊奪走郎君嗎？不允許，我絕不允許。我再也——」

腦袋天旋地轉，一場糊塗的感覺。

六喰雙手握住〈封解主〉，將前端朝向下方——

「〈封解主〉——【閉】……！」

將鑰匙插進地面——不，正確來說，是地球，然後旋轉。

瞬間。

以那一處為起點，強烈的地鳴朝四周緩緩蔓延。

宛如站在不斷施工的工業機器上。

宛如地球變成一個脈動的巨大生命體。

持續不斷的微弱地震覆蓋周圍。

「……！嗚……嗚喔！」

「這……這是怎麼回事……」

「驚慌。是地震——嗎？」

士道和精靈們驚愕的聲音震動六喰的鼓膜。

六喰淺淺一笑，伸出手溫柔地撫摸士道的臉頰。

「你可以……放心了。這下子……再也無人能夠妨礙我們。」

「六喰……？妳到底做了什麼？」

「——我對星球施展了【閉】。由於對象過於巨大，需要花費一點時間，但不久後，這顆星球便會停止運轉了吧。」

「什麼——？」

士道目瞪口呆。不過，現在的六喰並不在意他這副表情。六喰加深笑意，接著說：

「如此一來，妨礙者就全都會消失。郎君你便能和妾身我永遠生活在宇宙。呵呵……真期待呢。」

「妳說……什麼──」

士道的表情染上困惑之色。

六喰滿不在乎地抬起頭。沒錯，因為還剩下一個她必須親手解決的敵人。

「喂、喂，六喰！喂！」

六喰聽著從後方傳來的士道的呼喚聲，抬頭仰望飛舞在空中的黑影，蹬了一下震動的地面。

「呀！有地震！好可怕！人家要抱緊七罪！」

「妳不是還有心情用話語來說明情況嗎……！」

七罪按住以地震為藉口，想緊抱住自己的美九的頭……當然，因為體格與臂力的差距，抵抗無效。

不過，現在不是做這種事情的時候。因為十香與折紙展開空中戰，空間震警報響徹四周，甚至發生了原因不明的地震。已經不知道該如何是好了。

「到……到底……該怎麼做才好啊？」

「嗯……雖然不清楚該怎麼做，但不先阻止十香和小折折的話，就大事不妙了吧？」

「首肯。這樣下去，會被ＡＳＴ或ＤＥＭ發現——」

「——大家！」

就在這個時候，突然響起一道宏亮的聲音。精靈們同時往聲音來源望去。

「……咦？」

看見那名人物的模樣後，不由自主地瞪大了眼睛。

這也難怪。因為位於她們眼前的，是昨天那個突然向她們攀談的陌生少年。

「你……你是昨天的……？」

「……咦！都響起空間震警報了，你還在繼續跟蹤我們嗎……？做到這種地步，我都佩服你了……才怪咧。」

七罪瞇起眼睛鄙視地說完，少年便慌慌張張地奔向大家身邊。

然後在大家懷疑的視線下，深深低下頭。

「各位……拜託妳們！請幫助我！」

「……啥？咦，這是怎樣……？」

面對突如其來的請求，精靈們的表情染上困惑之色。

「呃……發生什麼事了？」

儘管感到納悶還是提出疑問的人是四糸乃。不愧是充滿慈愛之心的女神，對來歷不明的男人也如此溫柔。

於是，少年抬起頭繼續說：

「六喰——精靈對地球『上鎖』了。這樣下去，會引發嚴重的事態！拜託……請用妳們的精靈之力……幫助我！」

少年拚命懇求。

不過……七罪皺起眉頭。這也難怪。首先她根本聽不懂少年在說些什麼。看來他似乎知道精靈的事情，但也因此顯得他更加可疑。

然而——

「……我知道了。如果我幫得上忙。」

猶豫片刻後，四糸乃如此回答，點頭答應。七罪瞪大雙眼望向她。

「四……四糸乃？妳最好還是再仔細考慮一下吧？這未免太可疑了吧……」

「我知道……不過，他看起來不像壞人。而且……我不知道該怎麼說才好，但我——想幫助這個人。」

四糸乃露出充滿強烈決心的眼神，點了點頭。

於是，其他精靈也紛紛表示同意。

「呵呵，也罷。看來汝還懂得最起碼的禮儀。」

「首肯。不知道為什麼，感覺以前也曾經發生過這種事呢。」

「唔……既然大家都這麼說了……雖然是男孩子，但打扮起來應該滿可愛的～」

「幫就幫吧，感覺這種發展令人熱血沸騰呢。」

「大家……」

少年感動得熱淚盈眶。

七罪顯得有點尷尬，嘆了一大口氣。

「……是怎樣啊，搞得我一個人像壞人一樣。知道了啦，我也答應總行了吧。所以——到底要我們怎麼幫你？」

七罪說完後，少年露出滿心歡喜的表情——停下動作。

「呃，這個嘛——」

看來他並沒有思考具體而言該如何是好的樣子。七罪再次唉聲嘆了一口氣。

就在這個時候——

『——真是的，你們在幹什麼啊？』

某處傳來琴里的聲音。

「！琴里！」

「咦！妳在哪裡？」

『我是透過隨意領域從〈佛拉克西納斯〉傳送聲音過來。那個人說的沒錯，靈力正逐漸侵蝕地面。雖然不知道會對地球造成怎樣的影響，但不能放著不管。我等一下會朝決定好的六個地點發射〈世界樹之葉〉，妳們就以那些地點為起點傳送各自的靈力。這樣應該能暫時防止侵蝕。』

「哦，原來如此。真有妳的，琴里！本宮允許汝成為吾之眷屬。」

『不必了。不過，我們能做的事終究只有這樣而已。不想辦法阻止原因所在的精靈和天使，只是治標不治本。真的可以交給你處理吧，五河士道？』

琴里說完後，被喚作士道的少年便用力點了點頭。

「嗯嗯……真的很謝謝妳們。拜託妳們了。」

少年說完，轉過身背對所有人，正打算離開時——

七罪朝他的背影開口：

「……你要去哪裡？」

於是，少年面向前方回答：

「——去找等待我拯救的人。」

◇

不斷持續微微震動的大地上。

「休想——搶走我的郎君。」

六喰露出銳利的視線瞪著在上空僵持不下，激烈交戰的十香和折紙。

十香現在的注意力正集中在與折紙的戰鬥上。如此一來，六喰就能確實地從背後攻擊她。

「〈封解主〉——【開】！」

六喰大喊的同時，轉動手中的〈封解主〉。瞬間，〈封解主〉的前方出現了一扇勉強能讓〈封解主〉前端通過的小型「門扉」。

當然，「門扉」的另一端是十香的死角。只要將〈封解主〉刺進「門扉」之中，然後轉動，一切都將結束。【解】——〈封解主〉奧祕的分解物質形態。在這無與倫比的力量面前，世間萬物都將回歸空無。照理說，就連十香也不例外。

「【解】……！」

六喰看準十香與折紙交手的時機，將鑰匙天使刺向空間的「門扉」。

不過——

「住手！六喰！」

當〈封解主〉正要刺進「門扉」的瞬間，士道張開雙手擋在六喰面前。

「——！」

面對士道出乎意料的行動，六喰瞪大了雙眼，身體抖了一下。

然而，為時已晚。雖然手臂的肌肉反射性地因緊張而稍微偏離了一下，但〈封解主〉的尖端已刺進士道的肩膀。

「唔……！」

士道痛苦得皺起臉。六喰連忙想拔出〈封解主〉，因而在手臂施加力道。

不過——

「————咦？」

隨之襲來的奇妙感覺令六喰呆愣地發出聲音。

一幕幕的畫面透過刺進士道體內的戟，排山倒海地流進自己腦海的感覺。不，正確來說，六喰自己本身也流漏出了一些什麼。

至於那是什麼，則不得而知。但是，是一種士道與六喰兩個個體的內容物逐漸混合在一起的感覺，宛如將兩瓶種類不同的液體倒在一起搖晃過後的狀態。

啊啊——不過，這不是六喰第一次感受到這種感覺。沒錯，這種感覺跟當時士道在外太空將他手中的冒牌〈封解主〉刺進自己體內時一樣——

「————」

——沒錯，當時。

那個寒冬之日。

「某種東西」出現在沮喪失意的自己面前。

彷彿被水弄糊、打上了馬賽克，姿態非常奇妙的「某種東西」。

它遞給自己一個金光閃閃，類似寶石的東西。

從那時起，自己——星宮六喰便成為了精靈。

不過，奇妙的是，她一點也不害怕。

不對，真要說的話，她的喜悅大過於恐懼，這麼形容或許比較貼切吧。

六喰手持的〈封解主〉鑰匙型天使，別說是物體了，甚至連無形的東西——人類的記憶也能「封鎖」。

只要使用它的力量，姊姊、父母肯定都會只愛自己一人。

六喰立刻興高采烈地使用了天使的力量。在空間開啟「門扉」，將〈封解主〉插入父母和姊姊認識的人和朋友體內，「封鎖」他們對六喰家人的記憶。

——不過就結論而言，事情並沒有如六喰所願。

家人當天回家後的反應只是滿頭混亂，對於沒有人認識自己的異常事態感到困惑，根本沒心情搭理六喰。

六喰深信若是周圍沒有一個人認識父母和姊姊，他們便會只愛六喰一人。

然而，當家人知道始作俑者正是六喰的時候，他們的反應卻與情啊愛的相去甚遠。

而是驚愕、憤怒、慌亂、動搖，以及——拒絕。

父母和姊姊害怕獲得神祕力量的六喰，抗拒她。

六喰不太記得家人對自己說了些什麼。明明那幅光景歷歷在目，卻只有片斷的話語一一閃過腦海。

「怪物」、「妳做了什麼」、「不要殺我們」、「滾出去」、「像妳這種人」——「根本不是家人」。

正確來說，也許是大腦機靈地判斷若是完整記住整句話的脈絡，六喰的心恐怕承受不住。

不過，六喰卻清清楚楚地記得當時心痛的感覺。

難過、痛苦、悲傷、寂寞——這些感情在腦中翻騰，等她回過神來的時候，她已經將〈封解主〉刺向父母和姊姊，將他們心中關於六喰的記憶封鎖。

——因為再繼續聽下去，她可能會發瘋。

於是，六喰又孤單一人。

並非回到了以前的狀態，而是在體會到家庭的溫暖後，變成一個人。

仔細想想，六喰原本就沒有去愛什麼的資格吧。

在不知道愛是什麼的情況下出生在這個世界，才沒有發現自己愛人的方式產生了扭曲。

一旦付出愛情，就必須得到同等的愛。

一旦付出愛情，對方的眼裡就必須只有自己一人。

所以，六喰才鎖上——

自己的記憶。

自己的心房。

為了避免想起自己曾經擁有過家人、體會過家庭的溫暖。

——為了不再付出愛情。

「啊——」

在空間開啟的「門扉」前。

被〈封解主〉刺進肩膀的士道聽見從自己的喉嚨發出的聲音，卻好像置身事外一般。

意外地沒什麼疼痛感，反而有某個少女的畫面藉由〈封解主〉傳到了自己的腦海。

那是士道這幾天所作的夢。

而——那恐怕是六喰被封鎖的記憶。

仔細想想，士道是在外太空將〈封解主〉刺進六喰體內打開她的心鎖後，才開始作這個夢。

雖然不清楚詳細的原因，但恐怕是打開心鎖的時候，六喰的記憶之鎖也隨之產生鬆動，她的記憶便透過〈封解主〉傳到士道體內。

然後當兩人再次因為〈封解主〉連繫在一起時，那個記憶便產生了震蕩。

「六喰……妳是，不對，妳也——」

士道發出微微顫抖的聲音，伸出手想觸碰六喰。

然而，下一瞬間。

「啊嘎……！」

身體被〈封解主〉刺入的部位突然竄過一陣劇烈疼痛，隨後肩膀到手臂「砰！」的一聲，炸了開來。

「唔……啊啊啊啊啊啊啊啊啊啊！」

痛不欲生的士道發出高聲吶喊，幾乎要把喉嚨給喊破。

那種觸感與手被砍斷或是壓扁截然不同。是不允許手臂、肩膀存在於身上般，由內而外的毀滅。僅剩下一隻手掌掉落到地面，形成一大灘血泊。

【嘎……啊，啊啊啊啊啊啊！】

士道反射性地發動聲音天使〈破軍歌姬〉。讓自己的「聲音」蘊含靈力，強忍著痛楚，提高回復力以抑制出血。

同時，利用〈贋造魔女〉多少堵住一些傷口。士道原本以為〈贋造魔女〉的能力已被六喰的〈封解主〉封鎖，應該起不了作用，但現在看來，遭到「封鎖」的只有〈贋造魔女〉化為〈封解主〉時的能力。

雖然猶如杯水車薪，但還是有一定的效果——至少避免因劇烈疼痛而發狂、失去意識。〈灼爛殲鬼〉的治癒火焰也慢慢在治療傷口，但或許是無法治療如此嚴重的傷勢，又或者必須花費一段時間才有辦法治療，總之，目前並沒有發揮太大的效用。

士道臉上冒著冷汗，望向六喰。

「六……喰——」

「啊……啊，啊啊——郎君，不是的……我……我沒有想要殺死你……」

不過，六喰眼神失焦地凝視著虛空，害怕得顫抖著。手持的〈封解主〉當場掉落，胡言亂語似的接著說：

「不要……不要讓我孤單一人。啊，啊啊啊啊啊，郎君、姊姊……我，我…………！」

六喰像是分不清夢境、記憶與現實，陷入混亂地抱著頭。

下一瞬間，當她眼淚奪眶而出的同時，她的身體開始發射出帶有混濁色彩的靈力奔流。

「嗚——啊、啊、啊啊啊啊啊啊啊啊啊——」

「這……是……」

士道擠出沙啞的聲音。

這種現象很眼熟——是反轉。

自己親手讓士道受到致命傷的事實，以及——在同一時間復甦的為何封鎖自己心靈的記憶。

這兩點要素的確足以讓六喰的心靈充滿絕望。

優美且勇猛的靈裝產生赤紅的裂縫，逐漸染上將混沌具體呈現出來的顏色。流出來的淚水變得如黑暗漆黑，掉落地面的〈封解主〉化為塵埃消失，而六喰背後則是漸漸出現一把巨大鑰匙。

「不……可以，六喰！」

這樣下去，六喰真的會反轉。

士道艱難地踏出踉蹌的腳步。

不過，籠罩住六喰身體的濃密靈力漩渦阻擋了他的去路，並朝他侵襲而來。

「唔──！」

現在的士道難以閃避或擋開攻擊。他只好踏穩腳步，勉強承受這一擊。

然而下一瞬間，遙遠的天空落下猛烈的斬擊，旋即殲滅逐漸逼近士道的六喰的靈力漩渦，使之煙消雲散。

「咦──？」

士道呆愣地瞪大雙眼。瞬間，他以為是〈佛拉克西納斯〉的掩護，然而──並非如此。這是〈暴虐公〉的──

「哼。」

正當士道思考著這種事情的時候，上空傳來這樣的聲音。

「你可別誤會了。無論理由為何，我只是不希望讓給予我屈辱的男人那麼輕易死去。」

十香憤恨不平地如此說道後，再次面向在天空中飛舞的折紙。

「十香……」

士道如此低喃後，將臉轉回六喰的方向。

十香這番話並沒有怨恨的意思吧，不過──她使出的那一擊為士道開啟了一條活路也是不爭的事實。士道在心中感謝十香的並不是她拯救了自己，而是她給了自己到達六喰身邊的機會。士道踏出腳步，伸出剩下的另一隻手用力緊抱住六喰。

身體還沒辦法隨心所欲地使勁。與其說緊抱住不放，倒不是說是用體重壓制住六喰還比較貼切——無論如何，士道痛苦地扯開喉嚨：

「六喰！六喰！快回來！不行，妳不能陷入反轉的狀態！」

士道竭盡身體僅存的力氣，緊抱著六喰的身體，高聲吶喊。

——士道之前並不明白。

為什麼六喰會如此排斥其他人，想要獨占士道。

當然，嫉妒或占有欲是每個人都會擁有的感情，不過六喰的程度非比尋常。

然而，如今——

透過〈封解主〉共享六喰的記憶後，他終於明白。

因為——

「六喰……妳——就是我。」

士道對逐漸染成漆黑的六喰如此傾訴。

沒錯，六喰簡直就像士道一樣。當他一開始夢到六喰的過去時，甚至還誤以為是回想起自己的過去。

士道也曾經被親生母親拋棄，從他懂事以來就一直是孤單一人。

然後他被五河家收養，才體會到父母、妹妹——家庭的溫暖。

所以，他能了解六喰的感受。

「六喰……妳很不安對吧，非常沒有安全感吧。」

士道發出嘶啞的聲音說完，感覺六喰的肩膀微微顫抖了一下。

沒錯。六喰感到非常不安。

因為記憶的原點裡並不存在著「愛」。

某天突然得到的溫暖既舒適、耀眼，卻又難以捉摸。

真的是夢幻般的存在，若是突然清醒，是否就會立刻消失呢？

明明處於幸福之中，心中卻經常感到一絲不安。

所以，一旦家人和自己以外的人親暱地談話，一旦知道他們屬於自己未知的世界時，心臟便一陣揪痛。

反正自己只是中途加入他們人生的存在，他們另有更重視的其他人事物。

雖然不像六喰那樣極端，但年幼的士道也曾懷抱過這樣的感情。

「可是啊，六喰……不要緊的。」

士道在逐漸模糊的視野中，靠摸索的方法撫摸著六喰的頭，繼續說道：

「不需要擔心。不論是父母還是兄弟姊妹……即使離得再遙遠，心還是連繫在一起的。因為那就是──家人啊。」

沒錯。是士道的父母還有琴里教會他這一點。

不過，若是士道在理解這個道理之前就得到和六喰一樣的力量，不知道結果會是如何。

「……，……！」

士道說完後，聽見六喰輕輕屏住呼吸的聲音。

「可是……我……我……已經……」

「……妳還有我！」

士道大喊，回答六喰微弱的聲音。

「我……會成為妳的家人。所以，妳不用再擔心了。不管發生什麼事，我都不會忘記妳。不論妳對我做了什麼，我都不會討厭妳……！」

士道不斷劇烈咳嗽，就快把喉嚨深處的血塊給咳出來，然而他不予理會，接著說：

「啊啊……不，光是這樣還不夠。六喰，妳也要……答應我。單方面付出的愛沒有意義。因為我們……是家人啊。」

「……！郎君，我──」

六喰輕輕開啟嘴脣，發出聲音。

於是那一瞬間，如汙泥濁黑的眼淚恢復成原來清澈的顏色。

不過，充滿周圍的靈力依然繼續增加氣勢。

現在正是分水嶺，六喰是否會恢復理智的緊要關頭。

「六喰——」

士道不清楚六喰是否會接受他說的話。不過，沒有時間和其他方法了。士道使出最後的力量，抬起六喰的下巴——

「嗯……」

「————」

將自己的唇印上六喰的唇。

咳血後，帶有血味的吻。

用來表達愛意，有些過於血腥的親吻。

士道懷抱著祈求的心情，緊閉雙眼。

不久後，有某種溫熱的東西透過觸碰的嘴唇流進士道體內。

經歷過無數次，封印的感覺。靈力從六喰的身體轉移到士道身上。

同時，六喰身穿的靈裝以及逐漸顯現在她背後的鑰匙型魔王失去了光芒，消融在空氣中。

「……六喰！」

「啊……嗚……」

變成一絲不掛的六喰無力地往士道身上靠。

不過，士道原本就已超越了極限，將體重施加在六喰身上。想當然耳，士道失去了平衡，當場向後仰倒。

「呃噗……！」

背部以及後腦杓重重撞擊到地面，士道發出窩囊的聲音。

不過真要說的話，那聲慘叫的主要原因是出自震動到之前的傷口就是了。

雖說利用〈破軍歌姬〉、〈贗造魔女〉以及〈灼爛殲鬼〉的三種力量做了緊急治療，但對普通人而言，這可是致命傷——不僅如此，甚至立即死亡也不足為奇的重傷，沒有痛苦得在地上打滾就值得稱讚了。

「……，……」

不知是哭累了還是用盡力氣了，六喰在士道被血濡濕的胸口上呼呼大睡。

士道望著六喰，鬆了一大口氣。

「六喰……謝謝妳，願意相信我……」

士道放下頭，仰望著天空，拍了拍六喰的頭。

……但是不知為何，這時他心中湧起一股不祥的預感。

明明解決了一件棘手無比的大事，卻好像忘記了某件重要的事情。

此時，彷彿呼應士道的思考，有某種東西從擴展在士道眼前的遼闊天空，以驚人的速度朝士道落下。

「什麼……！」

士道不禁瞪大雙眼，發出驚愕聲。

於是，那個朝他飛來的東西在即將抵達地表時突然減速，輕柔地降落在士道的頭旁邊。

黑色的裙子隨風飄揚，輕撫著士道的視野。

沒錯，出現在那裡的——

「——哼。還以為妳有點本事，結果卻落得這樣的下場嗎，女人？」

正是直到剛才為止理應和折紙展開空中戰的反轉精靈，十香。

「十……香……！」

士道屏住呼吸後改變姿勢，保護在他胸膛上沉睡的六喰。

「……謝謝妳，多虧了妳，我才能……阻止六喰……」

「哼。與我何干。反正我要一起收拾你們。」

十香說完露出危險的眼神。士道無力地回望。

靈力遭到封印、失去意識的六喰不可能有能力對抗十香。不過，現在的士道也絕對稱不上處於最佳狀態。

「唔——你們沒事吧？」

此時，折紙晚了十香數秒，降落在不遠處。

不過，她的靈裝和CR-Unit到處都破破爛爛。果然，即使是折紙，面對反轉的十香，似乎還是不得不陷入苦戰。

「…………」

十香瞥了折紙一眼後，睥睨四周，再次將視線移回士道和六喰身上。

士道感覺自己的背一片潮濕。

這也難怪。剛才的一擊只是十香一時興起。同樣的，現在的十香只要心血來潮，起了別的念頭，就可能殺死士道以及六喰和折紙。

「唔……」

士道盡可能輕柔地將六喰放到地上後，強忍著暈眩與痛楚，打算站起來。

他的身體狀態確實糟到極點。若是拿人類和殭屍來對比，他的狀況差一點就要淪為殭屍。

不過，能讓十香復原的只有士道。他憑藉意志力撐起身體，立起膝蓋。

「唔……嗚，喔……」

「——哼。」

十香以冷若冰霜的眼神俯視士道後，彎下身子，揪起士道的前襟。

「唔啊……！」

「五河同學！」

折紙高聲吶喊，打算攻擊十香。

不過，或許是被十香銳利的眼神所牽制，她當場停下腳步。這也難怪。兩人與士道的距離一目了然，若是稍有閃失，在折紙的長槍碰觸到十香之前，士道早已身首分離。

「…………」

士道痛苦得皺起臉孔，十香不予理會，輕而易舉地舉起士道，令他雙腳離地。

然後，瞥了一眼倒臥在地的六喰，發出冷漠的聲音。

「——難得出現實力強勁的戰士，你竟然把她變成一個熟睡的幼童。」

「唔……」

十香露出劍刃般鋒利的視線，瞪視士道。

然而下一瞬間，十香卻嘆了一口氣，有些寂寥地接著說：

「……沒興致了。」

「咦——？」

聽見不符合反轉十香個性的話語，士道不禁雙眼圓睜。

不過，他的訝異立刻又被更大的驚愕取代。

因為十香將抓住士道前襟的手拉向自己，毫不猶豫地將自己的唇印上士道的唇。

「嗯嗯……！」

「呀——！」

士道與正巧目睹這個場景的折紙不約而同地發出叫聲。

然而，十香不慌不忙地鬆開抓住士道前襟的手。

「……好痛！」

臀部強烈撞擊到地面，與剛才相同的震動與痛楚侵襲全身。

不過，士道儘管痛得皺起臉，還是不敢將視線從十香臉上移開。

——十香身穿的漆黑靈裝化為閃閃發光的光粒，隨風飄散。

十香的雙眼一如先前冷淡，卻映照出奇妙的色彩。她俯視著士道，輕聲呢喃：

「——別讓我……」

「咦……？」

「別讓『十香』太傷心。」

十香如此說完，便像突然失去意識，當場俯臥在地。

「十……十香！」

士道連忙探頭窺視倒在地上的十香的臉龐。

「嗯……唔……」

那張褪去冰冷的安穩睡臉。

臉的五官和剛才完全一模一樣，不過散發出來的氣息已經回復為士道熟悉的十香。士道吐了一口安心的氣息，頭無力地垂在他立起的膝蓋上。

「五河同學，你沒事吧！」

可能是看見這幅情景，折紙衝了過來。士道無力地露出苦笑，揮了揮手。

「還行……不對，我這副模樣，實在稱不上沒事吧。」

「就……就是說啊！受了這麼重的傷……必須盡早使用醫療用顯現裝置才行！」

「嗯……說的也是。不知道琴里她們是否已經恢復記憶了。也不能讓六喰和十香一絲不掛地躺在地上，得快點聯絡〈佛拉克西納斯〉……」

就在這個時候——

士道止住了話語。

不，是半強制地中斷。

——因為六喰突然當場坐起身，堵住士道的嘴脣。

「噗……六、六喰！」

「……呵呵，你太粗心大意了，郎君。」

士道的表情染上驚愕之色，六喰儘管搖晃著身軀，還是露出張狂的笑容。

「妳……妳這是做什麼……」

「你方才和十香接吻了吧。」

「咦……」

聽見六喰說的話，士道抽動了一下眉毛。

還以為六喰聽懂了士道說的話，難不成她還是非得獨占士道一人才肯罷休嗎——

六喰像是看穿士道的心思，嗤嗤竊笑。

「放心吧。已經……沒事了。無論士道做出何事，妾身都不會再感到不安。因為……我們是家人啊。」

說完，六喰有些難為情地染紅了臉頰。

士道見狀，吐了一口長氣，並且莞爾一笑。

「六喰……」

「不過——」

六喰打斷士道，用手指撫過剛才親吻的嘴唇。

「此種程度的肌膚之親，應該無妨吧？因為我們是家人。」

然後如此說道，露出戲謔的笑容。

「這個嘛……」

……家人，到底是怎麼樣的存在？

士道不知道能否對自己說過的話負起責任，內心感到有些不安。

終章　重逢之時

雖然人們常說「觸手可及的星空」，但實際徜徉在外太空，疑似身處在流星群之中，是絕對不會想伸手觸摸的。

星星還是要從遠方觀賞才美麗。士道眺望著一望無際的滿天星斗，吐了一口長氣。

封印六喰的靈力幾天後，士道在聳立於五河家隔壁的精靈公寓屋頂上仰望夜空。

理由很單純——因為是仰躺在士道身旁的這名少女所期望的。

「——六喰。」

士道輕聲呼喚這個名字，六喰便用指尖撥開長劉海，望向士道。

「嗯，喚我何事，郎君？」

「真的這樣就可以了嗎？如果妳想觀賞夜空，琴里說她可以幫妳準備視野更佳的場所……」

「這樣就好。妾身從今往後就要住在此地了吧。那麼，我就要在這裡觀賞。」

「這樣啊。」

士道簡短回答後莞爾一笑，再次望向星空。

然後凝視著閃爍的星星，伸出右手，反覆做了幾次一開一合的動作。

他並非想抓住星星，只是單純在確認右手的動作。

雖然士道的右手臂曾炸毀過一次，但重新再生，活動力絲毫不比以前遜色。不過……為了迅速復原大模規消失的部位，還是得借用顯現裝置的力量，不能只依靠〈灼爛殲鬼〉的治癒力。

話雖如此，治療、收容六喰，以及隱蔽事態都以最快的速度完成。因為在那之後，所有被「封鎖」士道記憶的人全都同時想起士道，給予各方面的幫助。

真要說的話，比較費功夫的事情頂多只有安撫精靈們的情緒吧。因為她們看見士道受傷後，紛紛責怪自己，認為是自己忘記士道才導致這樣的結果。

六喰完全一改過去的態度，變得十分乖巧，聽從琴里和令音的話，接受各種檢查。

而今天士道的治療與六喰的檢查結束後，好久不見的六喰提出想和士道一起看星星。

「——以前……」

「咦？」

先前一語不發仰望著夜空的六喰呢喃了一句，士道望向六喰。

「我曾經像這樣，和姊姊一起眺望星空。我……非常喜歡那段時光。」

「嗯嗯……就是說啊。」

士道輕聲如此回答，表示同意。

那是因為士道也知道這件事。在〈封解主〉起了擬似路徑的作用後，兩人的記憶混合在一起時，他曾經夢過這件事。

士道在作那個夢時，由衷感到安心和幸福。想必那就是六喰當時的感受吧。

「為何……當時沒有發現呢？我毋須感到不安，姊姊、父親和母親也依然會愛我。」

「……六喰。」

士道微微搖搖頭，繼續說：

「這也是沒辦法的事。沒有人想孤單一人，會想守護自己的容身之處是理所當然的事……我能了解妳的心情。只是妳的做法有點偏差而已。」

「郎君……」

六喰瞥了一眼士道，慢慢垂下雙眼。

「這樣啊……原來如此啊。你也跟我一樣。所以我……跟你在一起，才會感到安心吧。」

然後微微一笑，如此說道。

這麼說來，就像士道體驗過六喰的過去一般，六喰也同樣透過夢境共享士道的記憶。士道有些難為情地搔了搔臉頰。

「嗯，對了，我作的幾個夢當中，有個夢境特別莫名其妙呢。」

「這樣啊，是什麼樣的夢？」

「好像是一個人看家時，雙手夾緊腋下，舉到腰部的位置，喊出奧義．瞬閃轟爆破——」

「喔喔，那跟我完全沒有關係。是妳真的在作夢吧？」

士道提高音量打斷六喰。六喰一臉納悶地歪了歪頭。

「哦？是這樣嗎……也罷。」

六喰露出有些懷疑又有些相信的表情，再次望向天空。

之後，兩人又默默地眺望夜空一陣子。

不知道經過了多久，六喰呢喃了一句：

「我說，郎君。」

「嗯，什麼事？」

「能否幫我……剪頭髮呢？」

「咦？」

聽見六喰說的話，士道一雙眼睛瞪得老大。

士道在第一次約會時確實提過剪髮的事，但是……六喰當時非常抗拒。不僅如此，她之所以會和反轉的十香交戰，直接因素正是十香斬斷了她的頭髮。

「這樣好嗎，六喰？」

「……嗯。我想要……讓自己清爽一點。」

六喰露出有些悲傷的微笑，用手指纏繞她長長的劉海。

「你當然會幫我剪吧？我並無打算讓家人以外的人觸摸我的頭髮。」

然後打趣似的說道。

士道一瞬間目瞪口呆——

「——嗯，交給我吧。」

接著點點頭，溫柔地撫摸六喰的頭。

◇

——耳熟的預備鈴聲響徹整棟校舍。

位於來禪高中走廊的學生們有些與友人道別，有些則是伸了伸懶腰，準備面對接下來的課程，走進自己的教室。

「哎呀，已經要開班會了嗎？安全上壘。」

士道在千鈞一髮之際衝進校舍，吐著氣，取下圍在脖子上的圍巾，搧了搧脖子。

上學路上一如往常寒風刺骨，但因為半途用跑的到學校，所以有些出汗。

「唔，差點就遲到了……這全是因為折紙在路中央想鑽進士道的大衣裡。」

「關於這件事，我已經有在反省了。真是太羞恥了，無話可說。真想找個洞鑽進去。」

和士道一起上學的十香盤起胳膊說完，折紙便難得老實地低頭道歉。

然而下一瞬間，折紙壓低重心，把頭鑽進士道大衣的下襬。

「嗚噫啊！」

「喂、喂！妳根本沒在反省嘛！」

「我只是找個洞鑽進去而已。沒有任何問題。」

「問題一大堆好嗎！」

十香與折紙又鬥起嘴來。士道輕聲嘆息後，居中當和事佬。

——六喰事件過後，大約過了一個月。先前戰鬥毀損的地方也幾乎完全修復，天宮市恢復一如往常的日常。

曾經反轉的十香和折紙的狀態也很穩定。

當然，失去基地的〈拉塔托斯克〉仍忙著重建體制，DEM也依然對精靈們虎視眈眈。

不過，城鎮已經恢復和平，能像這樣享受平凡日常。

就連有些擔心能否與其他人打成一片的六喰也在美九「啊啊啊啊！好可愛、好可愛、可愛死了——！嬌小又豐滿，是至今沒有過的類型——！」的洗禮下，比預想中還快融入那群精靈。

應該說，受到眾人的同情……算是同為受害者產生的共鳴吧。但她對美九似乎抱持著警戒。

「好了好了，冷靜一點。差不多該進教室了。好不容易趕上，會來不及上課喔。」

「唔……沒辦法。不能給士道添麻煩。」

「了解。」

士道介入兩人之間安撫情緒後，十香和折紙才老實地停止爭吵。

實際上，兩人雖然動不動就鬥嘴，但感情並不壞，反而打從心底認同彼此。

就當時——十香隨著空間震出現，身為ＡＳＴ的折紙想擊退她那時來看，兩人的關係好轉到令人難以置信的地步。

六喰也——不對，無論是什麼樣的精靈，一定都能互相理解的。士道望著十香和折紙的相處態度，內心萌生出這種充滿理想卻又堅信不疑的想法。

「唔？士道，你怎麼了？」

「不進教室嗎？」

「咦？喔喔，沒有，沒什麼事。快點進去吧。」

被兩人這麼一問，士道苦笑著蒙混過去。

然後將手上的圍巾捲起來整理好，打開二年四班教室的門。

結果——

「……咦？」

士道突然停住腳步。

因為教室裡散發出來的氣氛似乎和平常不同。

該怎麼說呢？大家都一副坐立不安、靜不下心的樣子，注意力集中在某個地方。

不過，士道馬上便得知了原因。

因為有一名少女坐在士道的位子上。

「什麼……」

士道不禁倒抽了一口氣，於是那名少女似乎發現了士道的存在，開心地彎起眼睛和嘴角。

宛如塗滿黑暗的漆黑髮絲、白皙透明的肌膚。不是任何比喻，而是正如字面所形容，令人「毛骨悚然」的美麗少女。

「妳是——」

士道發出顫抖的聲音，少女便將她櫻花色的唇瓣彎成新月的形狀，發出聲音：

「——呵呵呵。你好啊，士道。好久不見了。」

「什麼……！」

「士道。」

十香和折紙立刻表現出反應，走上前去保護士道。

不過，少女並非警戒十香和折紙，只是面帶愉悅的笑容。

「哎呀、哎呀，你們這是怎麼了呀？班會快要開始嘍。」

「開什麼玩笑！妳到底想幹什麼！」

「妳為什麼會在這裡？」

十香和折紙不敢大意地瞪著少女，如此說道。

於是，少女邪魅地招了招手，凝視士道。

「呵呵呵，我決定從今天開始復學。今後還要請你們多多指教嘍，十香、折紙——士道。」

擺出溫和卻透出狂妄氣息的笑容……

——最邪惡的精靈，時崎狂三如此說道。

後記

好久不見，我是橘公司。在此為您獻上《約會大作戰DATE A LIVE 15 家人六喰》。各位讀者覺得如何呢？如果你們喜歡本書，將是我莫大的榮幸。

事情就是這樣，這一集是六喰篇的下集。這次不只是故事情節，也加入了許多我想增添的要素。具體來說，就是折紙的CR-Unit＋限定靈裝，以及六喰的形態改變。這兩個都是我想要加進故事中的要素，所以我非常滿足。說個題外話，還有六喰的「此衣無法穿。胸口太緊繃了」這個哏也是。

不過，這一集的封面是（反轉）十香。

一開始也有考慮拿六喰轉變形態後的模樣當封面，但基於重視衝擊力這一點，最後便以這種方式呈現。而且，好像還做出非常可愛的姿勢，令人不禁想感謝上天讓我經歷過去種種，只為了能夠遇見妳。可愛死了。

順帶一提，雖然可能因為設計而看不到，不過背景的女僕咖啡廳直立式看板上寫著「女僕的隨性甜點　這週是黃豆粉系列♡」……是信玄餅嗎？天宮市的黃豆粉風潮已經達到瘋狂的等級。

那麼，本作品這次也在各方人士竭盡心力下才得以完成。

插畫家つなこ老師，謝謝您每次都畫出如此精美的插畫。黑十香的便服也超可愛的。每次都因為我吃盡苦頭的責編、美術設計草野、編輯部、業務人員、出版、通路、零販業，以及拿起本書閱讀的讀者們，由衷感謝每一位與這本書相關的人士。

下一次預定在十二月出版《約會大作戰　安可短篇集6》。

由於這次在終章出現了那個令人在意的角色，所以希望本篇第十六集也能盡快出版。嘻嘻嘻嘻嘻。

因為她的登場，士道究竟會遭遇到什麼事情呢？敬請期待。

那麼，期待下次再相會。

二〇一六年八月　橘　公司

國家圖書館出版品預行編目資料

約會大作戰DATE A LIVE 15 家人六喰 / 橘公司
作 ; Q太郎譯. -- 初版. -- 臺北市 : 臺灣角川,
2017.07
　面；　公分

譯自：デート・ア・ライブ 15 六喰ファミリー
ISBN 978-986-473-784-0(平裝)

861.57　　　　　　　　　　　　106009000

Kadokawa
Fantastic
Novels

約會大作戰DATE A LIVE 15
家人六喰

（原著名：デート・ア・ライブ15　六喰ファミリー）

2017年8月10日　初版第1刷發行
2022年11月24日　初版第5刷發行

作　者：橘公司
插　畫：つなこ
譯　者：Q太郎

發行人：岩崎剛人
總編輯：蔡佩芬
編　輯：孫千棻
美術設計：吳佳昫
印　務：李明修（主任）、張加恩（主任）、張凱棋

發行所：台灣角川股份有限公司
地　址：104台北市中山區松江路223號3樓
電　話：（02）2515-3000
傳　真：（02）2515-0033
網　址：www.kadokawa.com.tw
劃撥帳戶：台灣角川股份有限公司
劃撥帳號：19487412
法律顧問：有澤法律事務所
製　版：巨茂科技印刷有限公司
ＩＳＢＮ：978-986-473-784-0

※版權所有，未經許可，不許轉載。
※本書如有破損、裝訂錯誤，請持購買憑證回原購買處或連同憑證寄回出版社更換。

DATE A LIVE Vol.15 MUKURO FAMILY
©Koushi Tachibana, Tsunako 2016
First published in Japan in 2016 by KADOKAWA CORPORATION, Tokyo.
Complex Chinese translation rights arranged with KADOKAWA CORPORATION.